COMME DANS UN RÊVE

Sylvain PHILIPPON

COMME DANS UN REVE

Aujourd'hui j'ai peur car je ne croise plus son regard et je ne suis qu'un étranger à ses yeux. Une terrible angoisse m'enveloppe. Cette expérience unique qu'il y a quelques temps j'aurais désirée plus que tout est en train de perdre tout son charme, car je n'existe plus pour elle et pourtant je la désire et je la connais si bien. Je sais ses sourires et ses larmes, elle est mon amie. Du moins devrais-je dire elle était mon amie.

Sur ces mots, angoissé, mal à l'aise, Esteban referma son calepin sur lequel, depuis dix jours déjà, il avait pris l'habitude de retranscrire ses pensées. Pour ne pas oublier disait-il, car ce qui lui arrivait, lui même avait du mal à le croire…

Six mois plus tôt...

Jeudi 20 avril 2006

7 h 30

C'était une belle journée qui commençait. Dehors, la ville du nord-est de la France, Nancy, venait de s'enorgueillir de ses couleurs de printemps. Esteban ne savait pas pourquoi il se sentait si bien. Amoureux, bien dans son être et dans son corps. Dès son réveil, il pensait à elle. Elle était sa lumière et comme chaque nuit, il l'avait emmenée dans ses rêves. Ses vieux chaussons délicatement rongés par son gentil chien l'attendaient au pied de son lit. Il les enfila machinalement et se traîna jusqu'au salon. Y admira la nouvelle tache de bave que son Golden au surnom affectueux de « poulet », avait faite sur le si beau tapis Ikea auquel il ne tenait plus du tout dorénavant. Etendu de tout son long, l'animal bloquait le passage vers la cuisine. Le soleil avait beau envahir la pièce, l'imposante bête ne bougeait pas. C'était un fainéant et, pour accéder à son petit déjeuner et accessoirement aux croquettes de son « poulet », Esteban dut faire glisser les trente-deux kilos et demi de la bête. Tout en préparant son café, ses tartines et son jus d'orange, il s'arrêta devant une photo aimantée sur le frigo, puis devant une autre punaisée sur un mur et il s'assit devant le cadre de la plus belle d'entre elles, déposée comme un trophée sur sa table. Celle où il posait avec elle, Sarah Flaubert ; un large sourire les habillait. Ils avaient l'air d'un couple, elle était radieuse. Tout en cette fille attirait Esteban. Un ensemble si parfait, qui le transportait à chaque fois qu'il pensait à elle, soit vingt-quatre heures sur vingt-quatre, trois cent soixante-cinq jours par an. Même dans son sommeil le plus profond, celui de ses rêves, elle était omniprésente. Comment décrire ce qu'il ressentait pour elle, il ne le savait pas. Cet état physique et mental indéfinissable qui vous renverse et vous émeut au point le plus extrême. Un soupir, un sourire, des pensées qui s'envolent, il était en retard. On ne peut pas dire qu'Esteban avait la tête à ce qu'il faisait. L'entreprise d'infographie qui l'embauchait était lasse de ses retards et de ses oublis, et son chef lui avait plusieurs fois promis que c'était sa dernière chance. Il ne pouvait pas s'empêcher de penser à elle et il ne le voulait pas car il l'aimait de tout son cœur. Mais qu'y avait-il de pire que d'aimer sans être aimé ? Tel était son malheur car malgré l'espoir qui l'animait chaque jour, ils n'étaient que des amis. Comme il aimait le dire à son « poulet », son confident, elle était sa Juliette, son amour impossible.

12 h 15

Dans son appartement à la décoration typée « Sixties », Sarah enfilait son nouveau chemisier couleur pourpre que son chéri venait de lui offrir à l'occasion de leur premier anniversaire de rencontre. Il devait l'emmener dîner dans un de ses restaurants préférés : « Le Bistrot de Gilles », rue Gourmande comme aiment à appeler les Nancéens la rue des Maréchaux, pour son enfilade de restaurants en tout genre. C'était une jolie brune aux yeux vert gris. Son style moderne mais sobre la rendait irrésistible, surtout quand ses longs cheveux dansaient sur le rythme affirmé de ses pas. Elle connaissait son pouvoir de séduction mais n'en jouait pas trop. Elle était amoureuse, bien dans son couple et son voeu le plus cher était d'avoir trois beaux enfants. Le bruit soudain de la clé qui ouvrait la porte, puis la voix de Clément, son fiancé, l'interpella.

— Chérie, tu es prête ? J'ai réservé pour midi trente.

— Dans une minute, j'arrive !

La réponse s'éleva de la salle de bains, arrangeant quelque peu la vérité.

Clément et Sarah vivaient une belle histoire d'amour. Ils formaient un couple qui faisait envie, qui rendait jaloux même. La bonne étoile qui veillait sur eux brillait très fort et tout leur réussissait. Le bonheur frappait régulièrement à leur porte. L'amour coup de foudre instantané le jour de leur rencontre, la réussite sociale et professionnelle, la santé, la joie qui rayonnait autour d'eux, leurs amis, leur famille, leur physique. Une petite annonce matrimoniale aurait décrit Clément comme ceci :

Bel homme 1,85 cm, 78 kg, brun aux yeux bleus, sportif et
attentionné, professeur d'Education Physique et Sportive.
Aime la vie, le sport, la nature et le cinéma.
Rêveur, romantique, il garde les pieds sur
terre et fait preuve de beaucoup de charisme.

— Tu es magnifique…

La voix de Clément glissa dans l'entrebâillement de la porte, et son regard s'attarda sur le décolleté encore ouvert de Sarah.

— Je crois que tu as bien choisi, lui répondit-elle en le regardant d'un air coquin.

— J'ai eu des nouvelles de l'inspection académique. La commission se réunit mardi 25 avril matin pour statuer sur ma demande.

— C'est vrai ? J'ai hâte de savoir s'ils vont accepter.

— Je croise les doigts…

— C'est bien qu'on soit fixé rapidement maintenant. Il faut que je puisse prévenir ma hiérarchie moi aussi.

— De toute façon, pour toi c'est bon, ils n'attendent plus que ta réponse.

— Oui, un coup de fil et c'est réglé. Je suis si impatiente, c'est fou ce qui nous attend peut-être.

*

Une main sur le volant de sa vieille Austin Mini rouge, option pare-chocs chromés, l'autre main à la recherche de ce satané téléphone qui sonnait, Esteban remontait la rue Stanislas vers la gare pour y rejoindre son super pote Valentin avec qui il devait déjeuner. Régulièrement, ils faisaient le point le temps d'un repas sur leurs petites vies sans prétention, sur leurs amours, sur leurs envies, leurs rêves et leurs déboires.

— Salut copain !

Téléphone collé à l'oreille, Esteban avait pris le temps de se ranger sur un arrêt de bus malgré son retard habituel.

— Salut ! T'es où ? s'inquiéta Valentin.

— J'arrive, je suis là dans cinq minutes. T'es déjà au resto ?

— Il est 12 h 15, je suis là depuis 12 h, heure du rendez-vous quoi ! Vraiment t'abuses, c'est de pire en pire, lança Valentin avec le ton d'un père mécontent de son fils.

Dix minutes plus tard, Esteban poussa la porte à tambour de « Chez Grégoire », petit restaurant de leurs retrouvailles régulières, et se précipita à la table ronde qu'ils convoitaient à chaque fois pour son emplacement privilégié près de la fenêtre. Ainsi stratégiquement placés, ils aimaient regarder passer les gens, enfin, surtout les filles et ne tarissaient pas de commentaires à leur propos. Valentin se leva et

Esteban l'embrassa tel le frère qu'il représentait à ses yeux. Dans le genre beau gosse baraqué, Valentin faisait tourner les têtes et il n'était pas rare de se sentir inexistant à ses côtés. Son physique ravageur type surfeur ne laissait pas indifférent d'autant plus qu'il le portait avec une simplicité élégante. Il était l'ami fidèle, présent dans les bons comme dans les mauvais moments, le confident, qui vous écoute et vous épaule, celui qui partage votre vie, celui pour qui vous gardez une place dans votre cœur.

— Comment va ta p'tite fillette, lui dit Esteban avec le sourire pour éviter d'aborder le sujet du retard.

— N'essaye pas cette vieille ruse, j'en ai assez de toujours poiroter ! Ça fait déjà deux fois que la serveuse est venue me demander si je désirais quelque chose. Tu sais que je n'aime pas ces situations.

— Encore une qui a flashé sur toi !

— Arrête, je ne suis pas d'humeur.

— Alors comment va Thelma ?

Il lui jeta un regard noir avant de se résigner à répondre.

— Ça va bien. Cette nuit elle a dormi jusqu'à sept heures. Ça nous a fait tout drôle avec Julie. On s'est réveillé en sursaut quand j'ai vu l'heure, et on a tout de suite été voir ce qu'il se passait. Tu aurais dû la voir. Si belle dans sa grenouillère vert pomme, les poings serrés, sereine.

Et alors qu'il parlait de sa fille, sa voix s'adoucissait. La technique s'était révélée relativement efficace.

Esteban savait à quel point il adorait sa fille depuis qu'elle était arrivée, il y a trois mois.

Puis, après les discussions habituelles du : « Comment ça va le boulot, t'as vu les infos hier, c'est fou ce qu'il se passe sur cette Terre, j'y comprends plus rien, Nicolas Hulot a raison, on est en train de détruire notre planète… », Valentin aborda le douloureux sujet du célibat de son ami. Malgré la grande amitié qui les liait, Esteban ne lui avait jamais avoué son amour pour Sarah. C'était trop compliqué et puis maintenant c'était trop tard, il aurait fallu lui raconter dès le début. Esteban n'avait jamais osé. Il se sentait idiot de ressentir de l'amour pour une fille qui était, elle-même, déjà amoureuse d'un autre. L'amour impossible ne se racontait pas dans son esprit, c'était inutile. Et puis il craignait que Sarah puisse apprendre un jour ses sentiments, par l'intermédiaire de sa meilleure amie, qui n'était autre que Julie, la femme de Valentin. Leurs relations amicales actuelles s'en verraient bouleversées. Ainsi, ils ne pourraient plus se voir sans une gêne partagée. Non, il ne pouvait absolument pas livrer son secret. Par ailleurs, il savait qu'elle était heureuse avec Clément et il préférait la garder comme l'amie fidèle qu'elle était pour lui, c'était le minimum dont il avait besoin. Le reste se passait dans ses rêves.

— Bon qu'est-ce qui se passe, pas de gonzesse en vue ? Et la stagiaire du bureau qu'on a croisée l'autre jour ? Plutôt jolie. Et un de ces petits culs comme on les aime, non ?

— Ouais, pas mal, c'est sûr, mais sans plus, répondit Esteban, un peu gêné.

— J'y comprends rien. Julie me disait hier qu'elle avait parlé de ton cas avec Sarah…

Le temps s'arrêta, il avait dit Sarah, son cœur battait si fort qu'il n'entendait plus ce qu'il lui racontait ! Il avait envie de tout lui dire, mais à quoi bon ?

— … Elles ont donc décidé de passer à l'étape supérieure du plan « Caser Esteban », et elles vont prendre les choses en main. Elles ont parlé de Speed Dating. Tu verras ce soir chez Clément et Sarah, elles vont tout t'expliquer. Tu viens, j'espère ?

— Je te préviens, si vous me cassez les pieds avec ça, je ne reste pas !

Ces mots à peine prononcés, Esteban sut déjà qu'il ne tiendrait pas parole. En effet, que ne donnerait-il pas pour passer du temps auprès de Sarah. Quand ils se retrouvaient entre amis, il profitait de chaque instant et il admirait sa beauté, ses gestes, il guettait ses sourires et les imprimait dans sa mémoire. Ces moments intenses étaient sa raison de vivre. Comme le disait Jean Ferrat : « Que serais-je sans toi », *sans elle*…

19 h 54

En retard, il était en retard. S'il avait pu finir plus tôt ce projet de site Internet pour cette boîte de vente par correspondance, il aurait été à l'heure. C'était toujours comme ça, il était à la bourre. Il tarda aussi à choisir la chemise qu'il allait porter et finalement, il opta pour la brune rayée de noir, bien ajustée. Sarah l'avait complimenté sur cette chemise quelques mois plus tôt, le soir de ses trente ans. *Ça te va bien, ça fait ressortir tes beaux yeux.* Alors une chemise parmi tant d'autres était devenue d'une minute à l'autre sa préférée ! Il dévala les quatre étages en manquant de chuter sur chaque marche en pierre qui aurait pu sceller définitivement sa petite existence. N'écoutant que son courage, il termina cette descente dangereuse et sauta dans son pot de yaourt qui lui servait de voiture. Spécialiste du gymkhana, il traversa les rues de Nancy. De file en file, de feu en feu, il connaissait le chemin par cœur. Rue Jeanne d'Arc, puis toujours tout droit pour atteindre l'autoroute vers Ludres, petite bourgade qu'il adorait car c'était là que Sarah habitait. Troisième étage gauche de la petite résidence qui faisait face à l'école primaire Prévert. Il se gara entre deux parterres de fleurs à sa place habituelle car il n'y avait la place que pour sa petite caisse à savon. Une respiration, un doigt sur la sonnette « FLAUBERT – DECOURT » et comme d'habitude il cacha avec son doigt le nom DECOURT pour imaginer le sien à la place. Et il se persuadait que « FLAUBERT – LUIS » sonnait bien mieux et que c'était une excellente raison pour qu'elle se mette avec lui.

Un œil à sa montre, 20 h 32, il était bon pour les réflexions habituelles ! C'est Clément qui lui ouvrit.

Sa jalousie l'empêchait de faire de lui un très bon ami, mais il devait accepter que c'était un garçon parfait, qui avait tout pour lui, surtout Sarah d'ailleurs !

— Alors, tu t'es perdu ?

— Ça roule mal, quelle idée d'habiter si loin de la ville !

Un pas, deux pas, encore quelques uns et il lui ferait la bise… Elle l'aperçut, lui sourit, s'approcha de lui…

— Salut Esteban.

Il l'embrassa sur sa joue si douce, elle posa sa main sur son épaule et alors comme le temps lui parut court. Il attendait ce moment depuis toute la journée, il s'était juré d'en profiter mais c'était déjà terminé. *Placez votre main sur un poêle une minute et ça vous semble durer une heure. Asseyez vous auprès d'une jolie fille une heure et ça vous semble durer une minute. C'est ça la relativité.*[1]

Le sourire qu'il lui lança en la regardant profondément dans les yeux cachait à peine ses sentiments et il était sûr que si elle voulait le voir, elle lirait tout ce qu'intérieurement il désirait.

*

Comme toujours, le repas était délicieux. La pièce respirait la convivialité, tant par la décoration très

[1] Albert Einstein

chaleureuse, que par l'entente des cinq amis. Autour de la table, on retrouvait les liens qui, avec le temps, les avaient rendus inséparables. Valentin et Julie, vingt-huit ans tous les deux se connaissaient depuis l'enfance et cela faisait maintenant plus de dix ans que leur histoire d'amour avait prolongé leur amitié. C'était sur les bancs de l'école Jules Ferry de Nancy qu'ils avaient fait leurs premières bêtises, et ils ne s'étaient plus arrêtés depuis. Les bêtises. Sarah, adolescente, les affectionnait particulièrement. Elle s'était donc naturellement rapprochée de Valentin et Julie quand à quinze ans, elle avait quitté la douceur océane bretonne pour la rigueur du climat continental. Les coups de chaleur qu'ils avaient attrapés quand le proviseur les accueillait dans son bureau pour les houspiller avaient dû quelque part les rapprocher un peu.

— Tu te souviens de ce prof de Français qu'on avait en seconde, monsieur Vincet ? interrogea Julie tout sourire vers Sarah.

— Tu m'étonnes, le nombre de vacheries qu'on a pu lui faire. Je me souviens qu'il nous racontait sa vie à longueur de cours et que, un jour, nous lui avions piqué ses clefs de voiture.

— Et Valentin qui insistait pour le raccompagner sur son vélo !

Julie, debout, mimait ses mots par de grands gestes.

— On le paiera un jour, tout ça, ajouta Valentin sans en croire un seul mot.

— Vous n'allez pas recommencer avec vos histoires d'adolescents, rétorqua Clément en remplissant son verre d'un délicieux Mouton Cadet 1996. Sinon, poursuivit-il en trinquant avec Esteban, nous on sort faire la fête pendant que vous refaites votre passé. N'est-ce pas Esteban, on va aller draguer les p'tites étudiantes !

— Pourquoi pas, répondit-il peu convainquant et surtout peu convaincu.

— Justement, lança alors Julie, parlons plutôt de ça. Avec Sarah, on a vu que plusieurs speed-dating étaient organisés la semaine prochaine dans les bars de la ville. Tu connais le principe…

— Je ne sais pas si c'est une bonne idée, l'interrompit-il.

Julie reprit d'un ton plus ferme.

— Mais si, il faut se bouger ! Et ce n'est que la première étape.

— Oui, poursuivit Sarah, dans un mois on organise les trente-deux ans de Clément et on va inviter pas mal de monde.

— Une belle fête en perspective, précisa Clément.

— L'idéal serait que tu rencontres quelqu'un de sympa lors d'un speed dating et que tu lui proposes de t'accompagner à cette fête.

Un poignard bien aiguisé avait transpercé le cœur d'Esteban. Mal à l'aise, il se sentit rougir. Quand Sarah lui parlait de sa vie amoureuse, implicitement, elle écartait toute possibilité d'un amour réciproque avec lui et ce dur retour à la réalité, il ne le supportait pas. Il ne put cacher son malaise et se sentit obligé de sortir prendre l'air ; l'atmosphère s'alourdit brusquement. Les regards se croisèrent, interrogateurs. Puis des explications à demi mots s'échangèrent.

— Tu sais quelque chose toi ? dit Julie à Valentin. Vous avez mangé ensemble ce midi.

— Ben non, tout allait bien. Enfin, tu sais que le sujet est délicat !

— Il doit être gay, reprit Clément, c'est vrai quoi, on ne peut pas rester comme ça sans gonzesse quand on a sa bouille.

— C'est pas ça, interrompit Sarah. On sent bien que le malaise vient d'ailleurs. Ce que je ne comprends pas, c'est pourquoi il ne nous dit rien. Je vais le voir.

Un silence se fit lorsqu'Esteban brisa les échanges en revenant s'asseoir.

— Ça va, les rassura-t-il, je suis juste fatigué. La question des filles me gêne et je n'ai pas envie que vous vous en occupiez. Laissez-moi avec cette histoire, je vais bien et je sais ce que je veux. Et pour le moment la fille de mes rêves n'est pas encore arrivée, mentit-il sans aplomb. Mais je ne le vis pas si mal que ça alors patience, ne cherchez plus à me caser à tout prix.

— Excuse-nous Esteban, reprit Sarah gênée, nous voulons juste te voir heureux avec une petite femme, car tu le mérites.

1 h 35

Certains moments pesaient lourds et laissaient des traces difficiles à estomper. Ce soir-là en était un. Esteban ne trouvait pas le sommeil, il ressassait continuellement le moment de malaise qu'il avait vécu un peu plus tôt et il n'était pas dans son assiette. Qu'allait penser Sarah ? Il se torturait l'esprit et ne savait que faire face à cette situation étouffante. Tout dire, fuir ? Il n'avait pas le courage d'affronter ces solutions, et ne plus penser à Sarah lui était tout simplement impossible. Elle était présente auprès de lui, dans son esprit, à chaque instant, et il ne pouvait s'endormir sans imaginer la belle lui sourire. Assis à son bureau, il griffonnait des spirales au stylo bille sur un brouillon pour calmer ses nerfs. Puis l'inspiration lui vint et il se lança alors dans l'écriture poétique. Animé par ses sensations du moment, quelques lignes se dessinèrent :

Des images, un tourbillon,
Et puis qu'importe la raison,
Je m'abandonne dans l'ivresse.
Détours magiques vers ma princesse.

Tendre, câline, belle comme une rose.
Serein et bienheureux, j'ose.
Instants secrets, instants parfaits,
Mon souffle de vie à jamais.

Près de moi dans mon âme, nous deux.
Je te chuchote mes aveux :
Tu es ma couleur préférée,

Ma sensation forte, mon été.

Un jour alors hors de mes nuits,
Demain ou dans une autre vie,
Je sais, nous deux sera permis.

Ainsi rien d'autre ne peut être,
C'est écrit, au fond de mon être.

Les larmes au yeux, affalé sur son lit, Esteban relut ce poème, qui, il fallait bien en convenir, résumait bien son existence. Son amour secret le rendait fou et les rêves ne suffisaient plus pour s'élever vers des moments plus radieux. Mais comme chaque fois, il se rassurait en pensant que ça irait mieux plus tard. Et il s'endormit.

*

Cette nuit-là, comme bien des nuits d'ailleurs, Esteban avait fait ce rêve étrange. Toujours le même. Il se voyait, immatériel, planant à son gré dans son monde. Celui de sa vie avec ses amis, son travail, son amour. Chaque fois ce rêve ni beau, ni horrible, lui paraissait de plus en plus réel et il pouvait se souvenir des moindres détails. Il s'y voyait fort car omniscient. Malgré tout, il s'y sentait angoissé car personne ne le considérait dans cet univers et il ne savait pas communiquer non plus. Il y passait son temps à suivre Sarah. Il l'admirait, la regardait vivre tout simplement. Quelle position exaltante, mais quelle frustration aussi ! Etre là, mais invisible aux yeux de sa belle, aucun échange, pas même le moindre regard. Puis comme chaque fois, après avoir accompagné sa dulcinée une bonne partie de la nuit, il se réveillait, inéluctablement. Il ne savait pas dire s'il préférait continuer ces chimères pour en savoir un peu plus, pour connaître une suite possible, ou s'il se sentait mieux dans son présent, tout aussi frustrant par ailleurs. Ce choix ne lui était de toute façon pas offert. En revanche, le fait remarquable, selon lui, était que Sarah ne quittait jamais son esprit quoiqu'il arrive, même dans son sommeil le plus profond. Son cerveau ne connaissait pas de repos et ses sentiments étaient tout puissants, ils avaient la maîtrise de son âme. Esteban n'avait d'autre solution que de se laisser guider dans son existence vouée à Sarah. Son amour était unique et pour avoir connu d'autres filles auparavant, il pouvait le jurer. Il percevait toute la dimension du mot aimer depuis le jour de sa rencontre avec Sarah. Il se sentait aussi privilégié de ressentir cela, de vivre quelque chose de fort dans sa vie. Même si cela ne devait aboutir qu'à son malheur le plus grand. En considérant le malheur et le bonheur intimement liés, et la bascule de l'un à l'autre pratiquement instantanée, Esteban nourrissait l'espoir d'être, un jour, auprès de Sarah. *Le malheur peut être un pont vers le bonheur*[2]. Esteban semblait demeurer

[2] Proverbe japonais

sur ce pont avec le bonheur d'aimer Sarah de l'autre côté. Il attendait, peut-être vainement, le déclic qui le mènerait sur une rive, en espérant que ce serait la bonne.

*

A l'âge de treize ans, accompagné de sa petite sœur, Esteban avait débarqué en France pour vivre chez son oncle et sa tante. Ils devaient y commencer une vie meilleure que celle qu'ils avaient vécue jusqu'alors à Carmona dans le sud de l'Espagne, près de Séville. Son parcours n'était pas des plus enviable. La mort tragique de son père dans un accident de chantier alors qu'il venait de fêter ses dix ans, avait anéanti sa famille. Sa maman ne s'en était pas relevée. Ce n'était que dans l'alcool que petit à petit, elle avait noyé son chagrin, laissant ses deux enfants livrés à eux-mêmes. L'école buissonnière, les petits vols, les altercations fréquentes avec les services d'ordre, avaient rythmé ses journées pendant que sa petite sœur restait à la maison devant la télévision. Et c'était un matin d'automne qu'Angèles, la responsable attentionnée des services sociaux de la ville, avait pris en charge le cas des enfants Luis. Madame fut envoyée en cure de désintoxication et les enfants en France. Esteban soutenait toujours que cette période était passée dans l'oubli, mais ces blessures marquées au fer rouge dans son cœur, ne restaient pas sans douleur. Depuis sept ans déjà, Alicia, sa petite sœur était retournée auprès de sa mère pour soutenir son nouveau départ. Esteban, quant à lui, aimait la France et s'il avait pour le moment gardé la nationalité espagnole, c'était bien ici qu'il comptait finir ses jours. Bien encadré dans sa famille d'accueil, il avait pu faire des études et trouver un métier qui lui plaisait. Et quand en avril 2005, il avait rencontré Valentin lors d'un concert, le ciment de l'amitié avait pris immédiatement. Il ne pouvait expliquer cette attirance presque physique qu'ils avaient l'un pour l'autre. L'entente fut instantanée quand Valentin lui proposa un verre de bière. La « bière des copains », l'avaient-ils appelée ! Quelques semaines plus tard, ce fut la rencontre avec Sarah. Un soir comme bien d'autres, une invitation chez Valentin et Julie, une porte qui s'ouvre, une rencontre qui bouleverse l'existence. Jamais il n'avait connu telle beauté jusqu'alors, jamais ses sens n'avaient produit tant de réactions chimiques dans son corps tout entier. Jamais ses yeux n'oublieraient le visage de cette première rencontre. Jamais son cœur n'avait battu aussi fort. Jamais, jamais, jamais… Malgré la désillusion de l'instant suivant quand il serra la main de Clément, Esteban ne regrettait pas cette rencontre. Les images de Sarah, les instants qu'il partageait avec elle, étaient le fil rouge de sa vie. Dès ce jour, elle était devenue sa raison d'être, mais aussi son fardeau car son secret était une prison immatérielle qu'il supportait seul. Il avait souvent songé à une sorte de « Coming-out » pour laisser échapper sa douleur. Cela l'aurait probablement libéré mais sa peur et sa conviction qu'il en était ainsi, l'arrêtaient. *Mektoub*, c'est écrit, se disait-il souvent comme le jeune Santiago de Paulo Coelho.

Mardi 25 avril 2006

10 h 01

— Non monsieur, je ne peux pas attendre le mois prochain pour recevoir votre règlement, cela fait déjà trois mois que la facture est émise… Faites au plus vite !

Esteban raccrocha énergiquement le combiné. La journée avait mal commencé, voire la semaine. Le moral en chute libre, il songeait à ses amis, laissés sans nouvelles depuis cinq jours. Il se sentait responsable de cette situation qui lui déplaisait au possible. Son émotivité incontrôlable l'avait emmené vers une dégradation de ses relations sociales qu'il n'assumait plus. Décidé à remonter la pente, il réfléchissait à un moyen de remettre les choses en ordre et une invitation chez lui lui parut être une bonne idée. Il décrocha son téléphone et composa le numéro de Valentin.

*

Le téléphone de Sarah vibra dans sa poche. Elle attendait ce coup de fil.

— Allô !

Clément trépignait d'impatience

— Allô ma chérie. C'est moi.

— C'est la récréation ? fit Sarah à son homme.

— Oui, j'ai peu de temps à t'accorder. J'appelais juste pour la bonne nouvelle.

— C'est bon ?

— Oui, c'est génial ! J'ai eu la confirmation de l'inspection académique ce matin.

— Je n'en reviens pas, une nouvelle vie nous attend mon chéri ! Je t'aime.

— Moi aussi ma puce, à ce soir.

Sarah eut du mal à retrouver la concentration que son métier exigeait, tellement cette nouvelle était excitante. Et quand son coéquipier de brigade la sortit de ses pensées par une entrée fracassante dans le bureau, elle se souvint aussitôt de ce qui la préoccupait juste avant. L'enquête de police portait, depuis plus d'un an maintenant, sur des affaires de vols et trafics de bijoux dans toute la région. Le mal s'étendait et la brigade anti-criminalité se sentait en difficulté face aux voleurs qui se faisaient un plaisir de brouiller toutes les pistes. Sarah aimait son métier malgré les risques qu'il comprenait et c'était un rêve d'enfant qu'elle avait accompli en réussissant son concours d'entrée. Devenue lieutenant, elle dirigeait une dizaine d'hommes et de femmes avec une maîtrise que tous lui reconnaissaient.

*

Au même instant, dans la banlieue sud de l'agglomération, deux hommes sombres s'échangèrent une photo. Photo sur laquelle Sarah était ravissante dans sa tenue bleu marine.

20 h 02

Assis sur son canapé, son chien endormi à ses pieds, Esteban se relaxait devant un des épisodes de sa série préférée : « Friend's ». Il les avait tous vus, connaissait la plupart des répliques par cœur mais ne se lassait pas de les regarder à nouveau quand, par hasard, il tombait sur l'un d'entre eux à la télévision. Sur ses genoux, une assiette de spaghettis sauce bolognaise et fromage, bien garnie, que les nutritionnistes auraient fortement déconseillée comme repas du soir, se tenait prête à être dévorée. Dehors, la nuit venait de tomber, plongeant ainsi l'appartement dans une atmosphère qu'Esteban affectionnait. Les éclairages tamisés, le calme, les odeurs, rendaient ces instants un peu magiques et excitants. La nuit était la place des rêves, la seconde et merveilleuse vie d'Esteban. Il n'avait nul besoin de « Second Life »[3] pour vivre autrement. Fatigué de sa journée de travail, il se sentait tout de même serein depuis qu'il avait eu, quelques minutes auparavant, la confirmation au

[3] Site Internet permettant à l'utilisateur de créer son personnage et de vivre une sorte de seconde vie dans un monde virtuel.

téléphone de la venue de tous ses amis chez lui le samedi suivant. Il organiserait une belle soirée, cuisinerait un repas délicieux comme il savait le faire, et la soirée serait magnifique. Il pourrait faire le plein d'images et de moments à enregistrer dans sa mémoire.

A l'écran, Ross embrassait pour la première fois Rachel, son amie et amour de toujours.

*

Depuis une heure environ, Monsieur Champomier avait descendu le lourd rideau de fer de sa bijouterie qui faisait l'angle entre la rue Saint Jean et la rue des Dominicains au centre ville. Il avait vérifié quatre fois que le verrou résistait mais l'inquiétude était grande. Bien sûr, il était au courant de la série de vols qui avait eu lieu et la seule question qu'il se posait était de savoir quand son tour arriverait. Ce soir, il aurait la réponse car non loin de là, dans un vieux fourgon garé le long de la poste, deux individus revoyaient les détails du cambriolage.

23 h 56

Sarah, qui dirigeait l'enquête, était venue rapidement sur les lieux du vol. Le système de télésurveillance avait signalé une effraction aux services de sécurité et un voisin avait prévenu la police quand les sirènes du système d'alarme avaient retenti, troublant le calme du quartier. Sarah, attentive au moindre détail, était très concentrée. Elle espérait vraiment mettre la main rapidement sur ces cambrioleurs et elle se sentait proche de l'objectif. Les malfrats procédaient toujours de la même manière. Une voiture volée qu'ils lançaient à pleine vitesse contre la bijouterie détruisait la première protection assez efficacement, puis rapidement deux hommes lourdement armés pénétraient dans le magasin pour rafler le plus vite possible un maximum de butin. Et si quelqu'un s'approchait, ils lui tiraient systématiquement dessus sans la moindre sommation. Un gardien de la paix en avait fait les frais lors de la dernière attaque mais ses jours n'étaient plus en danger. Puis un acolyte leur permettait de fuir grâce à un deuxième véhicule volé. Tout était si bien préparé et tout allait si vite que personne n'avait pu les prendre en chasse avant qu'ils ne se volatilisent dans la nature. Cagoulés, entraînés, ils ne laissaient aucune empreinte et ils brûlaient les voitures avant de disparaître. Cependant, Sarah avait trouvé un bon début de piste en prenant le problème à l'envers. En effet, elle s'était arrangée pour retrouver la trace des bijoux volés. Si la plupart devait partir vers l'étranger pour y être revendue, certains avaient trouvé preneur directement chez de petits intermédiaires parisiens, bien connus des services de police. L'un d'eux, devenu indic en échange de la relative clémence des juges, avait permis à Sarah de remonter la piste vers un groupe de suspects. Il s'agissait apparemment de gens du voyage. Il était donc difficile de les retrouver. Effectivement, aucun nom, aucune adresse, aucun élément dans les fichiers administratifs n'avaient été découverts par les enquêteurs. Cela rendait l'enquête problématique. Cependant, en recoupant les renseignements de leurs informateurs parisiens et les déclarations de voitures volées, l'équipe de Sarah avait pu cerner la zone géographique où se trouvaient probablement les hommes qu'elle recherchait.

Samedi 29 avril 2006

18 h 55

Esteban préparait dans les moindres détails la soirée. Pendant que le filet de saumon marinait dans son huile d'olive et ses herbes, que les poireaux finement coupés réduisaient à feu doux dans la vieille marmite en fonte de sa grand-mère, il disposait délicatement sur la table basse et sur le rebord des fenêtres quelques photophores colorés. La table était dressée, la lumière tamisée et la play-liste spéciale « Sarah » enregistrée sur son i-Pod, tournait déjà en boucle depuis plus d'une heure. Il adorait, à travers certaines chansons, lancer des messages à Sarah et celle qu'il écoutait à l'instant était l'une de ses préférées du moment. Les paroles qu'il connaissait par cœur, le faisaient vibrer. Il chantait à tue tête :

Je suis pendu à vos lèvres, espérant le mot, espérant le oui qui sauverait ma vie.
Je suis pendu au téléphone, mais qu'y a-t-il de plus moche, un téléphone aphone qui sonne et personne qui ne décroche.
Je suis pendu à votre cou dans le plus beau de mes rêves, mais je ne me réveille jamais près de vous et j'en crève.

Je suis pendu sous vos fenêtres, au pied de l'arbre peut-être demain, la petite fleur qui va naître vous racontera mon chagrin.
C'est quand le bonheur, c'est quand le bonheur...[4]

Sa jolie voix résonnait dans l'appartement et un mélange de mélancolie, d'espoir et de bonheur le parcourait. De son côté, le « poulet » rassasié dormait tranquillement en plein milieu de la pièce et rendait les préparatifs un peu plus dangereux. Deux fois déjà, les bras chargés de vaisselle, Esteban s'était pris les pieds dans son valeureux chien, manquant de tout casser.

19 h 45

Arrangeant sa mèche devant le miroir de la salle de bain, Esteban n'attendait plus que ses invités, il était à l'heure dans ses préparatifs se prouvant à lui-même que ses retards n'étaient pas incontournables. Mais les enjeux n'étaient pas les mêmes, rien n'avait plus d'importance qu'une soirée comme celle-ci, car Sarah serait là et il fallait l'impressionner : il fallait que tout soit parfait. Son cœur battait de plus en plus vite et il essayait de maîtriser son stress. Ses mains moites le trahissaient. La sonnette l'interrompit dans ses pensées, un dernier regard dans le miroir, il se

---

[4] « C'est quand le bonheur » de Cali

trouvait plutôt pas mal mais n'avait pas l'assurance de son ami Valentin, il était très émotif, cela l'angoissait. La voix de Valentin grésilla dans l'interphone.

— Salut Esteban, tu nous ouvres ?

Julie et Valentin étaient les premiers, encore un regard sur l'appartement et sur la cuisine, Esteban se vida d'un grand soupir pour se concentrer, comme s'il allait entamer une finale de coupe du monde de réception d'amis. Il ouvrit la porte et sourit, faisant croire que tout allait très bien pour lui. Il se trouvait d'ailleurs bon acteur parfois.

— Salut les cocos, lança Esteban à ses amis. Et voilà la petite princesse Thelma. Elle dort, la chérie.

Julie et Valentin entrèrent et s'extasièrent devant la table si bien dressée et les vapeurs de cuisine qui suggéraient un repas des plus succulents. Valentin posa le Maxi-Cosi dans lequel sa fillette dormait paisiblement, dans la chambre d'Esteban. Il espérait bien être tranquille pour un bon moment.

— Elle ne devrait pas manger avant onze heures, sourit Julie en s'adressant à Esteban. C'est vraiment une gentille jolie princesse.

Devenir parents s'était plutôt bien passé pour Julie et Valentin tellement Thelma était facile à vivre.

— On en veut bien trois ou quatre des comme ça ! surenchérit Valentin.

Confortablement installé dans le canapé qui faisait face à la table basse sur laquelle l'apéritif attendait patiemment d'être dévoré, Valentin regardait à la fois les petits fours appétissants et son ami Esteban qui tournait en rond dans la cuisine vérifiant à quatre ou cinq reprises les mêmes choses.

— Alors copain, qu'est-ce que tu nous as préparé de bon cette fois-ci ? C'est une nouvelle recette, tu as l'air bien inquiet du résultat ? En tout cas, ça sent bon.

— Hein... heu... non, rien de très nouveau mais tu sais cela demande de l'attention.

La sonnette retentit. Un noeud dans l'estomac d'Esteban le fit se crisper un peu plus. Cette fois c'était elle qui arrivait. Sarah, la femme de toutes ses envies. Esteban prit une grande respiration et se dirigea vers l'interphone, essuyant ses mains moites sur son chiffon de cuisine.

— Coucou c'est nous, dit Clément d'une voie enjouée.

— Entrez les amis, on vous attendait, Valentin ne résistera plus très longtemps avant de se jeter sur les apéros.

Quand Sarah franchit le pas de la porte et qu'elle sourit à ses amis, Esteban voulut arrêter le temps pour l'admirer un peu plus. Elle portait un petit haut noir en matière stretch qui moulait son corps si parfait, le décolleté était sexy sans être vulgaire et un petit diamant tout rond était perdu à l'aube de sa poitrine, suspendu par une fine chaîne en or autour de son cou. Sa peau était si pure, Esteban devinait à quel point elle devait être douce. Le pantalon blanc qui tombait sur de petites chaussures à talon lui dessinait de longues jambes fines et élancées. Elle avait remonté sa chevelure en chignon dégageant ainsi sa nuque sur laquelle Esteban rêvait de déposer ses lèvres. Les paroles d'une chanson lui vinrent alors en tête alors qu'il continuait d'admirer sa belle.

You are the sunshine of my life, (Tu es le soleil de ma vie)
That's why I'll always be around, (Voilà pourquoi je serai toujours à tes côtés)
You are the apple of my eye, (Tu es la prunelle de mes yeux)
Forever you'll stay in my heart... (Pour toujours tu resteras dans mon coeur)[5]

Il resta bouche bée devant Sarah alors qu'elle saluait Valentin et ce fut Clément qui le ramena sur terre.
— Mets cette bouteille de champagne au frais s'il te plaît Esteban, on va la boire à l'apéro si tu veux bien.
— Oui… d'accord, heu… on fête quelque chose ?
— Ça se pourrait bien, tu verras !
Esteban ne sut comment réagir, il avait très peur de ce que Clément et Sarah pouvaient bien vouloir fêter. Le pire envahit son esprit. *Ils vont se marier c'est sûr,* pensa-t-il. Mais une autre vision lui vint ensuite. *Elle est peut-être enceinte ! Si c'est ça, je ne m'en remettrai pas,* songea-t-il alors. Bien sûr, Esteban avait déjà envisagé ces éventualités car qu'y a-t-il de plus normal pour deux personnes qui s'aiment que vouloir se marier ou fonder une famille ? Mais tant que cela ne s'était pas produit, Esteban nourrissait

[5] « You are the sunshine of my life » de Stevie Wonder

encore l'espoir secret d'une relation avec Sarah. Mais s'ils se mariaient et surtout s'ils faisaient un enfant, ils seraient alors liés d'une manière très forte et légitime contre laquelle Esteban ne pourrait plus rien.

20 h 37

Le bruit du bouchon de champagne fit sursauter Esteban, toujours perdu dans ses pensées. Délicatement, Clément remplit chaque flûte et quand il eut fini, il leva son verre et prit la parole :

— Bon, alors, on a quelque chose à vous annoncer, vous commencez à vous en douter, je suppose.

— C'est une bonne nouvelle pour nous, mais on va être un peu triste quand même, ajouta Sarah souriante.

— Voilà, reprit Clément, nous partons de France à la rentrée scolaire prochaine.

— Quoi ! cria Esteban abasourdi.

Tous se tournèrent vers lui, le regard interrogateur face à son intervention.

— Oui, j'ai obtenu une mutation pour aller travailler en Polynésie française. Nous allons vivre sur une petite île de trente kilomètres carrés au doux nom de Rurutu !

— L'île comment ? demanda Julie.

— Rurutu. Ça s'écrit avec des « u » mais ça se prononce « Rouroutou ». Il y a des écoles et un collège dans lequel j'enseignerai le sport.

— Il y a un collège sur une si petite île ? interrogea Valentin.

— Oui, des enfants viennent de plusieurs îles aux alentours, beaucoup d'entre eux sont internes et passent toute la semaine sur place. C'est sur cette île que sont regroupés les écoles, les services publics et les quelques boutiques.

Esteban n'écoutait déjà presque plus les détails que Clément fournissait en réponse à toutes les questions de ses amis. Tous étaient excités comme des puces mais Esteban, lui, ne parvenait pas à sortir de sa stupeur. Il ne verrait plus Sarah. Elle habiterait à environ dix mille kilomètres de lui sur une île si perdue que même les échanges téléphoniques et Internet n'étaient pas des plus fiables.

— Et toi Sarah, qu'est-ce tu vas faire là-bas ? demanda Julie.

— Là-bas c'est la France. Donc il y a aussi des policiers et j'ai pu obtenir un détachement pour suivre Clément. Mon chef a été sympa et il y a un manque de personnel en Polynésie. J'aurai pour mission de recruter et de former des agents sur place. Plutôt intéressant, non ? Je serai prof moi aussi.

— Mais, et ton enquête sur les braqueurs de bijouteries ? ajouta Valentin.

— Et bien, si je ne résouds pas cette affaire avant de partir, je devrai transmettre tout le dossier à un collègue, mais mon supérieur m'a bien fait comprendre qu'il serait préférable d'en finir au plus vite car un changement de main sur un dossier comme celui-ci nous ferait très probablement perdre du temps et redonnerait un peu d'avance aux cambrioleurs alors qu'on est proche du but.

— J'en reviens pas, c'est génial pour vous, dit Julie, mais on ne va plus se voir comme avant. Qu'est-ce que je vais devenir sans ma meilleure amie, gémit-elle soudain, réalisant que cette expérience allait les séparer.

Esteban, qui n'avait pu prononcer aucun mot jusqu'alors intervint :

— Combien de temps vous partez ? dit-il d'une voix sèche, l'accusant ainsi d'un tel abandon.

— On part au minimum pour deux ans mais ce sera probablement quatre, précisa Clément.

Le silence qui suivit se fit lourd et chargé d'émotion. Sarah et Clément qui pensaient fêter cette nouvelle prirent conscience que pour leurs amis, ce serait difficile. Bien sûr Julie, Valentin et Esteban pouvaient se réjouir par procuration de la formidable aventure humaine qu'allaient vivre Sarah et Clément. Mais eux, restaient ici. Ils n'auraient pas les bons côtés : la redécouverte des valeurs fondamentales au contact de la nature, les rencontres, la vie simple, le soleil, la plage...

Valentin cassa le silence :

— C'est une très grande nouvelle, on est vraiment content pour vous. C'est une expérience unique qu'il ne faut pas laisser passer. Et puis, je crois qu'on a trouvé notre prochaine destination de vacances, n'est-ce pas chérie ?

— Depuis le temps que tu me promets de m'emmener dans les îles... Mon rêve va se réaliser !

— Ça serait vraiment génial que vous veniez tous nous voir, proposa Sarah toute enjouée par l'idée.

— Oui, vous serez toujours les bienvenus et même si pour le moment nous n'avons pas cherché de logement, il y a des chances pour que ce soit une maison en bord de plage.

Clément ajouta les détails du paysage environnant et chacun s'y vit déjà. Chacun, sauf Esteban, qui ne digérait toujours pas la nouvelle. Son univers s'effondrait, sa raison de vivre s'envolerait dans quatre mois et il ne voyait aucune raison de se réjouir. Esteban ne savait pas encore que cet instant marquerait le début d'une longue dépression qui, un jour, se conclurait par un accident qui allait changer le cours de sa vie. « L'effet Papillon » prendrait alors tout son sens. Un battement d'aile de papillon à un endroit du monde provoque un cyclone à l'autre bout de la planète. Dans une moindre mesure, Esteban pourrait vérifier cette théorie. Cette annonce presque anodine lui vaudrait une aventure incroyable.

Tout le reste de la soirée, les amis s'échangèrent leurs projets, leurs joies, leurs inquiétudes. L'atmosphère était détendue, leur amitié était très forte et tous savaient qu'elle résisterait à cette séparation. Seul Esteban se morfondait dans un coin de la cuisine. Son plat avait brûlé et l'envie l'avait quitté. Valentin avait bien remarqué l'attitude de son ami et il ne la comprenait pas. Il aperçut alors le regard embué

d'Esteban s'attarder vers Sarah et tout devint clair.
Tout s'expliquait, Esteban était amoureux de Sarah !

Jeudi 4 mai 2006

18 h 34

Une, deux, trois, quatre sonneries, ce fut encore la messagerie téléphonique d'accueil qui répondit à Valentin. Il avait déjà laissé cinq messages cette semaine sur le portable de son ami mais sans suite. Il voulait parler avec lui de Sarah pour mieux comprendre ce qu'il ressentait et pouvoir l'aider à surmonter cette épreuve sentimentale.

— Bon… heu, Esteban, rappelle-moi. Tu sais, je pense qu'on devrait vraiment parler de toi et Sarah, ça te ferait du bien. Je suis passé chez toi hier soir, t'étais pas là, je m'inquiète un peu. Bon, je réessaierai plus tard, je t'embrasse.

Affalé sur son canapé, dans la pénombre des volets mi-clos de son salon, Esteban écouta le message de son ami quelques temps après avoir filtré l'appel. Il ne voulait parler à personne et il était très gêné que Valentin ait compris ses sentiments envers Sarah. Il se sentait bête et il voulait disparaître, changer de vie et repartir à zéro. Faire face aux réalités lui semblait trop pesant pour le moment. Il n'était pas allé travailler ces trois derniers jours, l'excuse de la gastro était bien passée, mais cela ne suffirait plus pour continuer. Retourner au boulot lui changerait probablement les idées mais il n'en était pas convaincu.

Esteban ne pouvait s'empêcher de penser aux conséquences de la découverte de Valentin et puis il pouvait difficilement tout nier après ces cinq jours de black-out total vis-à-vis de ses amis. Ils savaient maintenant tous que quelque chose n'allait pas et Valentin détenant la clé de l'histoire, les autres ne tarderaient pas à en connaître le fin mot. Esteban imaginait déjà leurs discussions :

— Quoi ! Il est amoureux de Sarah, j'en étais sûre, se dirait d'abord Julie, quand Valentin lui annoncerait la nouvelle.

Puis Sarah l'apprendrait à son tour :

— Non, c'est juste un bon ami, il ne peut pas être amoureux de moi à ce point, je le saurais. On ne peut pas cacher ces choses si bien et si longtemps !

Et Clément répondrait :

— C'est donc plutôt bienvenu que nous partions bientôt, ainsi il finira bien par t'oublier et passer à autre chose. D'ailleurs, il vaut mieux que tu ne le voies plus d'ici là, pour son bien.

Et ce qu'Esteban craignait alors plus que tout se produirait. Il ne verrait plus Sarah et finirait par être complètement éjecté du groupe d'amis bon gré mal gré, avec le temps. Sa décision était donc la plus sage et la plus simple : il s'exilerait de lui-même sans explication, et tous comprendraient très bien la situation.

Samedi 3 juin 2006

4 h 30

C'était une longue et éreintante nuit qui se terminait pour Sarah. Les planques et les filatures n'avaient cessé depuis la veille au matin. Avec ses coéquipiers, ils avaient observé les différents mouvements de deux suspects vivant au sein d'un groupe de gens du voyage, qui était arrivé quelques semaines plus tôt sur un terrain vague non loin de la ville. Toute la journée et une bonne partie de la nuit, les deux hommes avaient vadrouillé dans la ville. Ils avaient retrouvé une autre personne, un ancien de la mafia parisienne condamné plusieurs fois pour attaque à main armée dans les années 1980. Ils s'étaient ensuite attardés dans le quartier des « Trois Maisons » au centre ville et rodaient en repérage autour d'un petit bijoutier. Sans doute préparaient-ils leur prochain coup car ils semblaient étudier non seulement la devanture de la boutique, mais aussi les différents accès et surtout les échappatoires possibles les plus rapides et sûres.
Au volant de sa 206 rouge, écoutant les valses de Chopin que diffusait France Musique à la radio, Sarah rentrait tranquillement chez elle. Elle songeait à sa mission et était persuadée d'être sur la bonne piste. Le rapport qu'elle venait de terminer pour sa hiérarchie mettait en avant toutes les évolutions de l'enquête qui

prenait indéniablement une tournure favorable. Il lui fallait maintenant un flagrant délit pour coincer les voleurs. Le plus difficile était de prévoir quand l'attaque aurait lieu pour pouvoir réunir tous ses hommes sur le coup. Elle ne pouvait plus se permettre de les louper, cette chasse durait depuis trop longtemps maintenant. Arrêtée au feu rouge du carrefour de la sortie d'autoroute, noyée dans ses pensées et fatiguée, Sarah n'aperçut pas les ombres qui filaient vers elle. Ce n'est que quand elle reçut en pleine figure la brique qui venait de perforer sa vitre latérale qu'elle réalisa que deux hommes cagoulés s'en prenaient à elle. Elle eut à peine le temps de recouvrer ses esprits, étourdie par la violence du coup, que le plus costaud des deux voyous ouvrit violemment la portière et l'attrapa par les cheveux pour la jeter dans une camionnette blanche. Projetée brutalement, Sarah heurta l'intérieur métallique et perdit connaissance.

*

Lorsqu'elle ouvrit les yeux, son visage était écrasé dans une terre humide au milieu d'une sombre forêt. Des gouttes de pluie tombaient sur son visage, se confondant avec ses larmes. Elle n'entendait rien, voyait flou et malgré l'entraînement intensif qu'elle avait reçu lors de ses formations, elle ne put se contrôler. Elle était terrorisée et voulut hurler. Elle ne distinguait que de sombres images vacillantes et ne comprenait plus ce qu'il se passait. Elle voulait se convaincre que ce n'était qu'un cauchemar mais les douleurs lancinantes dans son crâne détruisirent aussitôt le moindre espoir d'un réveil mouvementé dans son rassurant lit molletonné. Un chiffon était enfoncé dans sa bouche, Sarah ne pouvait plus respirer. Pieds et poings liés, elle vit ses agresseurs fondre sur elle. Le premier coup porté au ventre lui brûla l'estomac et avant qu'elle ne puisse produire le moindre souffle, un autre coup encore plus puissant vint lui fendre le dos. Une peur immense l'envahit et elle vit la mort s'approcher à grands pas. Sans pouvoir offrir la moindre résistance, elle n'entendit que le craquement de sa mâchoire se brisant au coup de pied suivant, avant de sombrer dans le noir.

14 h 30

Esteban aimait l'ambiance qui régnait au parc de la Pépinière les samedis après-midi, surtout en ces périodes de printemps ensoleillé car les nancéens, après un long et rude hiver, savaient profiter pleinement de ces journées. Le verre en terrasse sur la fameuse place Stanislas était de rigueur, les promenades en amoureux et les enfants qui jouaient donnaient au quartier toute sa saveur. La compagnie d'Esteban était plutôt poilue, baveuse et tirait de toutes ses forces sur son harnais. Il se promenait très souvent ici avec son chien car il s'y sentait bien, l'endroit respirait le bonheur, il aimait regarder les gens, les enfants jouer, rire et venir caresser son animal. Tous ces sourires sur les visages lui redonnaient goût à la vie quand il ne se sentait pas dans son assiette. Les écouteurs dans les oreilles lui diffusaient une douce musique qui rendait le moment plus intense. Esteban n'entendit pas son portable sonner. Valentin l'appelait pour lui annoncer une triste nouvelle mais il ne laissa pas de message, il voulait parler de vive voix à son ami.

18 h 00

Clément, Julie et Valentin, assis sur les fauteuils d'une salle d'attente blanche et silencieuse, avaient le cœur lourd. Ils restaient muets. Ils n'osaient que quelques regards fuyants autour d'eux tellement la peur les habitait. S'attarder un peu trop dans l'iris embué de l'un ou l'autre déclenchait systématiquement en eux une montée de larmes incontrôlable.

Clément ne s'était pas vraiment inquiété quand, au réveil vers huit heures du matin, il s'était aperçu que Sarah ne l'avait pas rejoint. Bien des fois, les exigences de son métier de policier avaient empiété sur leur vie de couple. Mais quand Clément appela au commissariat pour prendre quelques nouvelles afin d'organiser le week-end, son sang se glaça. Sarah était partie à quatre heures quinze du matin avec une envie intense d'aller se coucher. Immédiatement, les collègues de Sarah avaient mis en œuvre des procédures de recherche. D'abord, le fichier des accidents de la route et celui des admissions dans les hôpitaux avaient été épluchés sans résultat. L'esprit d'équipe était très fort dans ces services et la brigade n'avait pas l'intention de laisser tomber leur chef. Chacun se doutait que quelque chose avait pu arriver à Sarah, compte tenu des nombreux ennemis qu'elle comptait parmi les adeptes du grand banditisme. Plusieurs pistes étaient suivies : les anciens prisonniers libérés, les familles de bandits sous les verrous en quête de vengeance, etc. L'inquiétude de tous avait grandi lorsqu'ils apprirent que la voiture de Sarah avait été trouvée abandonnée, portes ouvertes et vitres cassées. Puis, quand l'appel d'un promeneur avait prévenu la police de la découverte d'une jeune femme en forêt de Haye à l'est de la ville, tous avaient retenu leur souffle et abandonné leurs investigations. Les instants qui suivirent furent longs et douloureux pour toute l'équipe, mais surtout pour Clément, prévenu simplement qu'il devait se rendre au CHU régional de Nancy Brabois rapidement.

*

Le docteur Berrechi avait la mine sombre quand il accueillit Clément. Sarah avait été trouvée dans un état critique. Les coups portés au visage avaient nécessité une intervention d'urgence pour stopper l'hémorragie interne. De plus, la rate perforée et plusieurs fractures avaient considérablement affaibli son organisme. Son état stabilisé, elle se maintenait entre la vie et la mort dans un coma profond. Pétrifié par la peur, envahi par la haine, ne comprenant pas vraiment ce qui venait de se produire, Clément s'approcha de la femme qu'il aimait. Il ne put retenir ses larmes et s'effondra quand il réalisa l'horreur de la situation. Clouée sur son lit d'hôpital, branchée à des tuyaux reliés à des machines dont le ronronnement sourd donnait des frissons, Sarah, méconnaissable, gisait comme morte.

Dimanche 4 juin 2006

13 h 00

Depuis plus d'un mois, Esteban n'avait plus donné de nouvelles à ses amis et ne s'était pas encore remis du coup de tonnerre qui avait frappé son existence lorsqu'il apprit le départ de l'amour de sa vie pour une île lointaine. Il ne se doutait évidemment pas que ce malheur était tout relatif. Ce dimanche étant bien maussade, il s'ennuyait devant la télévision, exaspéré par le manque d'attrait des programmes mais surtout par l'avenir qui l'attendait si cette situation d'isolement se prolongeait. Il s'en voulait de s'être exclu de la sorte et voulait renouer le contact, car il fallait bien admettre qu'il se sentait seul. La solitude est bien le pire des maux. Il préférait être malheureux et entouré, donnant ainsi un intérêt à sa vie. Le vide d'émotion, de sentiments et de partage n'avait aucun sens. Il s'était alors imposé un choix : mourir ou reprendre contact avec ses amis pour assumer et affronter la réalité. Le courage n'étant pas sa plus grande qualité, il choisit la deuxième solution et prit son téléphone pour composer le numéro de Valentin.

— Allô, chuchota Valentin en décrochant.

— Salut, c'est moi Esteban. Je te dérange là, je te rappellerai plus tard.

— Non, non, attends, je sors, je suis à l'hôpital.

Les quelques secondes de silence qui suivirent, le temps pour Valentin de sortir, suffirent à Esteban pour sentir la peur lui monter au coeur. Très vite il imagina toutes sortes de possibilités plus sombres les unes que les autres.

— Esteban, il faut que tu viennes, c'est Sarah, elle s'est fait agresser.

Aucun son ne parvint à l'oreille de Valentin et il imaginait bien que son ami devait être sous le choc.

Les larmes aux yeux, Esteban bredouilla quelques mots pour en savoir un peu plus. Pendant que Valentin lui racontait, la gorge serrée, le déroulement des faits, Esteban fondit en larmes. Il se perdit alors dans la tempête des sentiments qu'il éprouvait subitement. La rage, la peur, l'impuissance, la tristesse, l'incompréhension mais aussi, la honte et le remords d'avoir été si loin d'elle ce dernier mois et de ne pas être à son chevet avec ses amis pour la soutenir.

14 h 41

Esteban gara sa Mini devant le CHU de Brabois sur les hauteurs de la ville. L'hôpital était en cours de rénovation et s'il avait bonne réputation, son aspect trentenaire et vétuste ne donnait pas une impression des plus sûres pour ce qui était des soins et de l'hygiène. Il ne réalisait pas ce qui venait de se produire. Tout en longeant les affreux couloirs aux odeurs de produits médicamenteux et de cuisine qui en disaient long sur la vie à l'hôpital, Esteban s'égarait dans ses pensées, le regard dans le vide. Il se remémorait ce film « Le cercle des poètes disparus ». Les jeunes étudiants poètes avaient une devise : *Carpe Diem*. Celle-ci incitait à saisir l'instant présent. Il fallait bien admettre que la vie avançait selon un rythme effréné, avec pour moteur le nostalgique passé et les projets à venir. Les moments véritables de vie, ceux du présent, étant trop souvent négligés. Egoïstement, chacun fonce avec ses oeillères et malheureusement, seuls des drames comme celui qui venait de se produire rappelaient combien il est important de vivre chaque jour pour ce qui compte et pour ceux qui comptent.

Comme il détestait ces endroits ! Il n'avait pas encore vu Sarah, et il n'imaginait pas que le récit de Valentin pouvait être vrai. Il vivait une situation qui lui paraissait inconcevable avant de l'avoir vécue, quelles que soient l'imagination et la sensibilité dont on est habité. *La souffrance par procuration n'est rien. La compassion est à la peine ce que le vent est à l'ouragan. L'un vous effleure, l'autre vous emporte.* Sarah pouvait-elle mourir ? Jamais Esteban ne l'avait envisagé. Qu'adviendrait-il ensuite ? S'en remettrait-il un jour ? Pour le moment il ne voulait pas imaginer le pire.

Chambre 233. Sarah y subissait des soins intensifs. Les visites étant bien entendu réglementées, Esteban ne pouvait pas entrer. Il restait stoïque devant cette porte, impuissant. Il aurait donné sa vie pour sauver

Sarah. *Ce pour quoi tu acceptes de mourir, c'est cela seul dont tu peux vivre*[6]. Aujourd'hui il aurait mis sa vie en péril pour sortir Sarah de son coma et la sauver.

— Esteban !

La voix qui l'interpellait le bouscula soudain hors de ses idées noires. Valentin s'approcha de lui et Esteban se sentit alors rassuré. Cette présence amicale était plus que nécessaire en ce jour et il savait qu'il pouvait trouver le soutien dont il avait besoin grâce à Valentin.

— Je suis si content de te revoir, bredouilla Esteban en se jetant dans les bras de son ami.

— Ça va aller, ne t'en fais pas, c'est une dure à cuire.

— Je m'en veux tellement de vous avoir tous laissés tomber ces temps derniers. Je sais que ça n'aurait rien changé mais je me sens si mal.

— Ne t'inquiète pas, on est ensemble maintenant et on doit être solidaire pour soutenir Sarah et Clément. Viens avec moi on va le rejoindre, il est avec Julie à la cafétéria. Ils seront heureux de ta présence ici, c'est important.

— Est-ce que… Esteban bégayait. Est-ce qu'ils savent quelque chose, tu, tu sais…

— Non je ne crois pas. Moi je n'ai rien dit de ce que j'avais remarqué à propos de Sarah et toi. Pas même à Julie.

Bras dessus, bras dessous, les deux amis s'éloignèrent de la chambre dans laquelle Sarah n'avait toujours pas esquissé le moindre signe de réveil.

[6] St Exupéry (Citadelle 1948)

15 h 01

Julie se leva en premier pour étreindre Esteban. *La chaleur humaine des gens qui vous aiment est intense*, Esteban en dosait toute l'intensité en cet instant. Aucun mot, de simples regards suffisaient pour qu'ils se comprennent et témoignent du soutien mutuel qu'ils s'échangeaient. Puis Clément, les yeux fatigués et remplis de désarroi, salua à son tour Esteban d'une accolade sincère. Pour la première fois, les deux hommes feraient équipe dans un même but : ramener Sarah auprès d'eux.

— Quand pourra-t-on la voir ? s'inquiéta Esteban.

— Dans une heure environ. Les médecins sont en train de faire des analyses pour envisager une deuxième opération concernant sa rate. Leur diagnostique vital est très réservé. On ne sait pas si elle pourra résister à une autre intervention, elle est très affaiblie.

Esteban se sentit vaciller, son cœur battait fort, des frissons puis un coup de chaud l'obligèrent à s'asseoir. Maintenant, en plus de la terreur, la haine l'avait envahi.

— Mais, bon sang, quels sont les salauds qui ont pu faire ça ?

— C'est encore trop tôt pour le dire, mais toute la brigade est sur le coup, et le préfet a donné carte blanche et de gros moyens pour découvrir toute la vérité sur cette affaire, répondit Julie.

— Ça a quelque chose à voir avec les voleurs de bijoux ?

— On ne sait pas, Esteban, mais bien sûr c'est la première piste qui est envisagée par les enquêteurs, poursuivit-elle.

Puis, de longs moments de mutisme suivirent. Les amis se cloîtraient dans leur bulle, dirigeant toutes leurs forces mentales et spirituelles vers Sarah. De son côté, sans vraiment croire en Dieu, Esteban se mit tout de même à prier. *Nous ne sommes jamais aussi enclins aux croyances religieuses que lorsque nous nous trouvons confrontés à la mort.* Et c'était vrai. A quoi d'autre se rattacher devant la toute puissante faucheuse. Il fallait se battre avec les armes disponibles et Esteban voulait y croire et il priait Dieu, il ne savait pas trop lequel, mais il le suppliait de toute son âme de sauver Sarah.

16 h 27

Deux par deux, ils pouvaient aller voir Sarah. Tout d'abord Clément et Julie, puis ce serait le tour de Valentin et Esteban.

— Pas plus de dix minutes, insista l'infirmière en chef, fixant les deux hommes d'un regard autoritaire, en leur ouvrant la porte de la chambre de Sarah.

Valentin et Esteban entrèrent. Ils venaient juste de croiser Clément et Julie dans le couloir terne qui, semblait-il, s'était habillé des couleurs de leur humeur. Les yeux brillants, Julie avait soutenu le regard d'Esteban pour, il en était sûr, lui donner le courage nécessaire à surmonter les images qu'il verrait ensuite dans cette chambre 233.

Le bip des machines de surveillance qui maintenaient Sarah dans un état stationnaire résonnait. Esteban sut qu'il ne pourrait pas le sortir de sa tête pendant de longues journées. Sarah, les yeux violacés, le teint transparent, était marquée des multiples coups qu'elle avait reçus. Leur couleur sang tirant vers le bleu voire le noir, témoignait de la violence de l'agression. Les tuyaux branchés dans le nez, la bouche, les bras lui donnaient des allures d'humanoïde mi-homme, mi-robot, sur lequel des scientifiques fous auraient pratiqué d'ignobles expériences. Ses yeux ne vacillaient pas, elle restait d'un immobilisme stupéfiant.

Valentin cassa le lourd silence qui pesait.

— C'est affreux.

— On dirait une statue de chair, précisa Esteban.

— On ne la reconnaît pas notre Sarah.

— Si je tenais les enfoirés qui…

— Arrête ! Pour l'instant on pense à elle et on prie pour qu'elle s'en sorte indemne. C'est notre rôle. La police s'occupe du reste et ils sont motivés, c'est moi qui te le dis.

— Mais toute cette haine que j'ai en moi, je…

— Reprends toi, pense à elle…

— Mais justement, il faut la venger.

— Je sais bien. Le temps de la vengeance arrivera à son heure, ne t'en fais pas. Garde ton calme.

Esteban bouillait, il se sentait envahi d'un sentiment nouveau. Pour la première fois, il se sentait capable de faire du mal. Il en ressentait presque le besoin. Il ne supportait pas l'image de Sarah souffrante et si fragile. L'impuissance le rendait fou. Puis soudainement, il se sentit faiblir. Il vit d'abord des étoiles, sentit son coeur résonner dans ses tempes et finalement ses jambes fléchirent. Valentin put rattraper son ami in extremis. Le voir dans cet état lui fit prendre conscience que l'amour qu'Esteban vouait à Sarah était passionnel et très fort. Il n'aimait pas ça, cela ne présageait rien de bon et il en redoutait les conséquences.

Mardi 13 juin 2006

3 h 32

Devenait-il fou ? Esteban avait sondé sa tête et son coeur mais il n'avait pas trouvé de réponse. Assis devant sa télévision, le son coupé, il se laissait envahir par ses émotions. Il voulait se réveiller de ce cauchemar horrible mais la réalité était bien là, pesante et envahissante. Les somnifères qu'il avait ingérés une heure plus tôt ne semblaient pas avoir d'effet sur lui. Il cherchait des issues possibles, il cogitait. Son regard perdu sur les images du poste de télévision, Esteban sombrait dans la dépression. Le Golden s'était approché de son maître, guidé par son instinct, et lui léchait consciencieusement la main pour tenter de le sortir de son état léthargique. Les coups de langues humides du gentil chien restaient malheureusement sans résultat. Plus tard dans la nuit, quand enfin il trouverait le repos, il ferait encore une fois ce rêve si étonnant. Il y verrait à nouveau Sarah, l'escorterait dans son quotidien, elle y serait en pleine forme, souriante, pétillante.

Dimanche 18 juin 2006

7 h 12

Clément s'était finalement endormi sur le fauteuil en cuir marron usé par les interminables heures de veille aux malades qu'il avait connues. Près de lui, Sarah n'avait toujours pas bougé et même si la seconde opération avait permis de réparer sa rate, son état s'était aggravé, la pauvre s'était encore affaiblie et le docteur Berrechi ne lui donnait pas beaucoup de chances de survie. Les machines la maintenaient artificiellement en vie.

Maintenant Clément rêvait. Son rêve était beau. Une allée d'arbres fleuris laissant traverser quelques rayons orange du soleil de fin de journée, des odeurs et des bruits de printemps qui l'envahissent et qui le font se sentir bien, simplement bien. Des graviers qui bruissent sous ses pas et Sarah accrochée à lui qui lui caresse la nuque. Il peut sentir les frissons qu'elle lui procure et alors qu'il dort profondément, ses poils se hérissent sur ses bras et son cœur bat la chamade. Au bout de l'allée, une magnifique maison en pierre inondée de verdure, un potager et une cabane en bois au fond du jardin. C'est la maison dont ils rêvaient tous les deux et pour un instant, Clément s'y rend avec Sarah. Soudain, une lumière vive l'envahit, comme celle d'une bombe atomique qui vient d'exploser et dont on ne voit que le flash avant d'en ressentir le souffle et d'en entendre le bruit assourdissant.

— Bonjour.

L'infirmière qui venait d'entrer en allumant le néon blanc et glacial de la chambre n'avait pas pris de précautions quant au sommeil de Clément.

Il sortit de son doux rêve et retomba aussitôt dans la souffrance quotidienne qui l'accompagnait depuis deux semaines. Il ne répondit pas à l'infirmière et l'ignora afin de lui faire comprendre qu'elle le réveillait et surtout qu'elle manquait de délicatesse et de compréhension.

— Je viens prendre les relevés de la nuit. Je fais mon boulot monsieur, ajouta-t-elle sèchement.

Clément ne préféra pas relever l'arrogance de celle-ci et la laissa quitter la pièce sans lui accorder la moindre attention. Dans son état de fatigue, il aurait été capable de lui offrir un paquet d'insanités. Mais il était encore assez lucide pour se contenir.

Il se leva et s'approcha de Sarah, lui prit la main et d'une voie douce, lui raconta encore une fois combien il l'aimait.

*

Dans l'obscurité qui l'enlaçait, Sarah avait senti cette présence et ce réconfort, mais elle ne parvenait pas à s'extirper du cocon dans lequel elle se sentait à la fois emprisonnée mais aussi étrangement bien. Au loin, elle entendait aussi une voix, familière et sympathique, qui lui adressait des prières. Esteban la portait tellement dans son cœur qu'elle en recevait le soutien, là où elle se trouvait. *Les personnes qui comptent sont celles qui vous aiment*, pensa-t-elle. Elle savait qu'elle n'avait aucun pouvoir de décision et qu'elle était en stand-by entre terre et cieux, attendant on ne sait quoi. Plus que tout, elle désirait un dénouement et le plus simple, lui semblait-il, était de se laisser aller, de ne plus lutter.

13 h 36

Esteban, groggy, allongé sur son lit, réagit à peine au bruit insistant qui résonnait sourdement dans l'entrée. Sur sa table de chevet, le tube de comprimés pour le sommeil était vide. Dans la petite chaîne hi-fi tournait en boucle la musique du film « Roméo + Juliette » dans la version de Baz Luhrmann, son film culte. Esteban murmurait les paroles.

I will die for you, I will die for you, (Je mourrai pour toi, je mourrai pour toi)
I've been dying just to feel you by my side, (J'étais mourant juste pour te sentir près de moi)
To know that you're mine. (Pour savoir que tu es à moi)

I will cry for you, I will cry for you, (Je pleurerai pour toi, je pleurerai pour toi)
I will wash away your pain with all my tears, (Je laverai ta peine avec toutes mes larmes)
I'm drowning on fear. (Je me noie dans la peur)

I will pray for you, I will pray for you, (Je prierai pour toi, je prierai pour toi)
I will sell my soul for something pure and true, (Je vendrai mon âme pour quelque chose de pur et vrai)
Someone like you. (Quelqu'un comme toi)

See your face every place that I walk in, (Voir ton visage partout où je marche)
Hear your voice any time that I'm talkin', (Entendre ta voix chaque fois que je parle)
You will believe in me, and I will never be ignored... (Tu croiras en moi, et je ne serai plus jamais ignoré)[7]

Depuis deux semaines, il restait cloîtré chez lui, s'enfermant dans une sorte de coma pour accompagner Sarah dans sa souffrance. Il pensait continuellement à elle et priait pour qu'elle lui revienne. Il préférait ne pas connaître son état, trop craintif de l'issue fatale dont il ne se relèverait pas. Encore ce bruit ! Rassemblant ses esprits et ses forces, Esteban se traîna vers l'entrée et comprit que quelqu'un frappait à la porte. Il voulait rester seul avec sa peine et alors qu'il retournait dans sa

---

[7] « Crush » de Garbage (BO du film Roméo + Juliet)

chambre, il s'arrêta net quand la voix de Valentin l'interpella.

— Esteban, ouvre ! Je sais que tu es là, j'ai vu ta voiture en bas et ton patron m'a dit que tu étais malade et que tu te reposais chez toi. Ouvre maintenant, ça suffit, on doit parler et surtout tu dois te ressaisir !

Cette voix lui était chère et même s'il avait envie de ne voir personne, son ami réussit à le faire hésiter. Planté au milieu du salon, dans un état léthargique, Esteban répondit d'une voix hésitante.

— Pas maintenant Valentin, je ne suis pas en état.

— Esteban, c'est maintenant, tu m'as compris. Je vais entrer, Valentin s'efforçait de trouver le juste ton entre autorité et douceur.

Il pensait beaucoup à son ami et savait qu'il était le seul à pouvoir l'aider en ce moment. La famille d'Esteban étant éloignée d'environ deux mille kilomètres, il se sentait comme un frère et il ne pouvait pas le laisser seul dans cet état.

— Si tu n'ouvres pas, j'enfonce la porte, tu entends ?

Esteban comprit qu'il ne bluffait pas et il tourna le verrou avant d'aller s'affaler sur le canapé. Valentin ouvrit lentement la porte et découvrit le monde dans lequel Esteban s'était réfugié. Tous volets fermés, la pièce baignait dans l'obscurité. Quelques chips traînaient sur le sol à côté d'une multitude de canettes de bière. Une odeur de pisse prédominait et manifestement, le Golden n'était pas sorti depuis un moment. Amaigri, la pauvre bête s'était recroquevillée dans un coin et n'avait réagi ni aux bruits ni à la présence de Valentin. Il vivait au rythme de son maître. Des habits, des papiers, traînaient ça et là. Cela paraissait incroyable que deux semaines de laisser-aller complet puissent transformer un endroit de la sorte. Valentin n'en revenait pas. Il était plus que temps qu'il intervienne.

— Eh, ça va ?

Esteban s'était endormi. Les somnifères avaient repris leur droit. Valentin le secoua.

— Esteban, ça va ?

— Je voulais rester seul, c'est tout, bafouilla Esteban en ouvrant les yeux.

Il empestait l'alcool et la crasse. Valentin ne put se retenir de reculer.

— Tu as vu dans quel état tu es ! Et ton appartement ! Il faut te reprendre mon vieux, il faut vivre.

— Je ne veux pas vivre, j'ai plus envie.

— Tant qu'il y a de l'espoir…

— Ne me sors pas de vieux proverbes, s'il te plaît.

— Ce n'est pas toi qui es dans le coma je te rappelle et tu ferais mieux d'aller à son chevet.

— Je suis dans le coma par procuration et je vais mourir, comme elle.

— Je ne te reconnais plus, mon pauvre. Tu es shooté à la bière et aux médocs. Je ne peux pas te laisser comme ça. Tu fais n'importe quoi et tu te mets en danger. J'appelle un médecin.

— Non !

— Ecoute-moi bien. Regarde-moi, s'il te plaît.

Difficilement, Esteban se tourna vers Valentin et il put lire dans ses yeux toute la détermination dont il faisait preuve.

— Je t'offre deux options. Soit tu viens chez moi et avec Julie, on te remet sur les rails. Soit j'appelle un médecin et il y a de grandes chances pour que tu te retrouves à l'hôpital.

— Je n'ai pas la force, tu comprends, c'est Sarah. Je suis lié à son âme et si elle souffre, je souffre, cela ne peut être autrement.

— Eh bien moi, j'ai décidé qu'il en serait autrement.

Sans plus attendre, Valentin rassembla quelques affaires de son ami qu'il fourra dans le sac de sport qui traînait dans l'entrée. Puis, de force, il le prit par le bras et l'emmena. Le « Poulet » ayant trouvé quelques forces pour se relever se traîna lentement derrière eux.

Lundi 3 juillet 2006

9 h 00

Après l'agression de sa supérieure directe, Thierry Bardot avait repris l'enquête sur les braqueurs de bijouteries. Le bon travail d'investigation de Sarah et de toute l'équipe, qui avaient passé de nombreuses heures en planque à surveiller les allers et venues des suspects, portait ses fruits. Déstabilisée et désorganisée suite à l'attaque de leur chef, la brigade n'avait pas pu prendre en flagrant délit les suspects, lors de leur dernier braquage, mais il n'avait pas fallu beaucoup de temps pour retrouver leur trace. D'après les informations que Thierry Bardot avait pu récolter, un vol se préparait pour le week-end suivant dans une bijouterie de la vieille ville, face à la cathédrale Saint Georges. Le bijoutier, un petit créateur connu pour ses réalisations originales, détenait de nombreuses pierres de toutes sortes : diamants, émeraudes, saphirs… Son stock d'or brut avait aussi attiré l'attention des malfaiteurs qui avaient attendu la dernière livraison pour planifier leur vol. Le butin en valait la peine. Les policiers l'estimaient à plus de cinquante mille euros. Thierry Bardot avait organisé son équipe de manière à tendre un piège aux brigands. Tout d'abord, le bijoutier avait été prévenu et il devait retirer la plus grosse partie des biens précieux de son coffre situé dans l'arrière boutique. Ensuite, comme il fallait un flagrant délit, aucune intervention policière n'avait été prévue avant que la vitrine ne soit enfoncée et qu'une partie du butin ne soit volée. Des dizaines d'hommes étaient sur le coup, postés aux endroits stratégiques définis par leur chef. Les moyens donnés étaient considérables et l'erreur n'était pas acceptable. Si les voleurs leur échappaient, ils disparaîtraient dans la nature, le temps de se faire un peu oublier. L'enquête prendrait alors un coup dans l'aile. Un dénouement dans cette affaire semblait proche et Thierry voulait réussir pour Sarah. A cet instant, il pensait à elle.

*

Chambre 233.

Certains liens entre les personnes sont impalpables. Sarah ressentait beaucoup de chaleur la gagner. *Des proches pensent à moi, je le sens.* Sur le quai de l'au-delà, Sarah pouvait penser et absorber une quantité impressionnante de sensations et de sentiments dans son âme. Privée de ses sens et de son enveloppe corporelle, libre de toute pollution physique et de toutes les interférences « terriennes », elle pouvait décupler les connexions de son esprit. Elle ressentait toute la tension de sa brigade, la terreur de son fiancé, la démence de son ami Esteban, l'espoir de Julie, l'inquiétude de Valentin, la peine de sa maman, la contenance de son père qui ne laissait pas transparaître ses faiblesses. Elle aurait aimé leur transmettre à son tour des messages d'amour et d'amitié mais aucun retour ne paraissait possible. Elle attendait toujours et encore. Le temps n'existait pas. Elle attendait simplement la fin. Sa fin.

12 h 23

— Ça y est ma puce, j'arrive.
Julie, d'une voix douce, consolait Thelma qui pleurait maintenant depuis deux bonnes minutes. Deux minutes qui en paraissaient dix tellement les cris de sa petite étaient stridents.
— Mince, quatre ou cinq ?
Julie ne savait plus combien elle avait mis de mesures de lait en poudre dans le biberon. Agacée, elle déversa le contenu inutilisable dans l'évier et repris l'opération au début. Puis, confortablement installée sur le siège à bascule que son grand-père lui avait légué, Julie soupira et Thelma téta de toutes ses forces, oubliant parfois de respirer. La fatigue était pesante et Julie se sentait dans le creux de la vague sans pouvoir refaire surface. S'occuper de sa fille lui demandait beaucoup de temps. Surtout depuis qu'elle avait repris son travail d'assistante juridique au tribunal des affaires sociales de Nancy, un mois auparavant. Ce n'était pas toujours facile et puis elle se faisait beaucoup de souci pour son amie Sarah. Elle ne dormait pas beaucoup. Elle s'efforçait de garder un

vif espoir et de positiver mais à certains moments, ses forces la quittaient. Quant à l'arrivée d'Esteban chez eux, bien sûr elle l'avait acceptée et elle était là pour le soutenir dans sa guérison, mais l'énergie qu'il fallait développer pour assumer toutes ces tâches devenait trop importante. A son tour, elle se sentait faiblir.

Des bruits de serrure puis de pas dans l'entrée l'interpellèrent. C'était Valentin qui revenait du travail. Il dirigeait un laboratoire d'analyse au CRNS de Nancy Brabois. Habituellement, il ne rentrait pas à midi, mais il avait senti que Julie avait besoin de réconfort ces jours derniers.

— C'est toi mon chéri ! Tu rentres manger ? demanda Julie.

— Oui, coucou ma puce.

— Ça me fait plaisir de te voir, si tu savais…

Valentin s'approcha de ses deux amours et les étreignit en silence. Les yeux fermés, tous les trois se sentaient bien, juste un moment de réconfort, mais si précieux.

— Mais mon pauvre, je n'ai rien prévu à manger. Esteban ne rentre pas ce midi et je pensais juste grignoter.

— Si tu veux, on va à « l'Opéra ». Tu sais le petit bar entre la place Stanislas et la Pépinière. On y avait déjeuné, une fois. On profitera du beau temps en terrasse et ça nous sortira un peu.

— Ça marche ! Je termine de donner son biberon à Thelma et on y va.

*

Déambulant rue Saint Jean, Esteban tentait de répondre aux appels de son estomac en cherchant ce qu'il pourrait avaler ce midi. Il passait devant les différentes sandwicheries et boulangeries qui s'étaient fait une place entre les nombreuses boutiques de cette rue commerçante. Rien ne lui mit l'eau à la bouche. Le soleil brillait, l'ambiance estivale régnait et la bonne humeur habillait les badauds. La boule au ventre d'Esteban était toujours aussi vive et bien ancrée, elle ne le quittait plus. Le teint pâle, l'allure lourde, le regard à terre, il dénotait dans le tableau de la ville. Il avait perdu quatre kilos ces deux derniers mois. Quatre kilos qu'il ne reprendrait sans doute pas aujourd'hui. Il sentait que ça ne tournait pas rond dans sa tête, et même si, grâce à ses amis, il avait pu reprendre un rythme de vie décent, il restait au bord du précipice. Il n'était toujours pas allé voir Sarah. Il rêvait parfois que, tel un vaillant chevalier, il avait le courage d'affronter ses démons et de se rendre dans ce noir château pour y délivrer sa princesse d'un doux baiser. Malheureusement, il n'avait encore trouvé ni les armes, ni l'armure nécessaire à cette lutte. *Un jour viendra* se disait-il, puis il replongeait dans la tourmente de toutes les questions existentielles sans réponse qui lui encombraient l'esprit. Il manquait de repères. Malheureusement, la mort prochaine de Sarah n'arrangerait pas son état, bien au contraire.

Dimanche 9 juillet 2006

18 h 00

Thierry Bardot regardait ses coéquipiers de la brigade anti-criminalité droit dans les yeux en leur donnant les dernières consignes avant la mise en place du dispositif de surveillance et d'intervention qui, il l'espérait fortement, aboutirait enfin à l'arrestation des fameux braqueurs de bijouteries. Réunis dans la salle de conférence du commissariat de police boulevard Lobau à Nancy, l'équipe répétait mentalement les moindres détails. Tels des sportifs de haut niveau se préparant pour une compétition, ils se concentraient et se motivaient. Chacun, très impliqué, voulait donner le meilleur de lui-même.

*

Voler une voiture semblait être un geste vraiment simple pour Tony Winterstein, même en pleine journée, et cette Peugeot 307 n'allait pas lui résister très longtemps. *C'est ma cinquantième,* s'était-il dit en insérant le câble de ferraille le long de la jointure de la portière conducteur. Très exactement une minute et quarante secondes plus tard, Tony quittait le quartier des Provinces de Jarville, cité de la banlieue nancéenne, ne ménageant pas le moteur de la voiture qui de toute façon, finirait en cendres quelques heures plus tard.

Quelques instants plus tard, il rejoignait Mike dans une zone industrielle désaffectée à l'est de la ville qu'ils avaient investie en début de semaine. Ce dernier attendait son acolyte et néanmoins frère, assis sur le capot de sa trouvaille du jour.

— T'as pas tiré mieux que cette vieille Volvo 240 ! Qu'est-ce que tu veux qu'on fasse de cette caisse, lança Tony hilare, accoudé à la fenêtre de la 307 et ponctuant sa phrase d'un coup d'accélérateur qui fit cracher un épais nuage noir.

— Y'a pas mieux comme voiture pour défoncer un grillage métallique. C'est un vrai tank. Chez Volvo, ils ne connaissent pas le plastique, ni la fibre de carbone. Avec ça, on va faire un carnage et en plus elle marche du tonnerre, c'est un deux litres turbo ! On prendra la 307 pour se barrer. Elle est plus maniable.

— Et Franck, qu'est-ce qu'il fout ? demanda Tony, inquiet.

— T'inquiète pas, il est parti faire le plein de munitions chez son pote, il devrait pas tarder, fit Mike confiant.

— Hé frangin, on va pas prendre ce casse à la rigolade, on doit être au top. C'est pas parce qu'on a mis une raclée à la p'tite qu'ils vont nous lâcher comme ça, les keufs. Et puis c'est le dernier dans le coin avant qu'on file en Allemagne, alors faut pas se planter, c'est vu ?

*

Tony Winterstein était l'aîné d'une fratrie de six enfants. Leur vie de nomades les avait menés de ville en ville et très vite, chacun avait été livré à lui-même. A trente-cinq ans, il en avait déjà passé six sous les verrous. Quant à son petit frère Mike, vingt-trois ans, s'il n'avait pour le moment pas fait de prison, il était un habitué des bagarres et petits vols en tout genre. La fine équipe se complétait par Franck Esperanzo, issu d'une famille mafieuse qui avait fait de nombreux casses dans les années 1980 à Paris. Il s'était fait remarquer par l'attaque ultra violente d'un fourgon blindé au lance-roquette sur l'autoroute A7 et par son évasion en hélicoptère de la maison d'arrêt d'Augny, dans le Val d'Oise en région parisienne. Les trois hommes n'étaient pas du genre tendre ou émotif. Ils étaient prêts à tout pour réussir leur dernier coup en Lorraine avant de rejoindre l'aéroport de Francfort en Allemagne et de s'envoler vers le Mexique afin de profiter de l'argent fraîchement dérobé.

19 h 32

Dix-sept hommes de la brigade de Nancy avaient pris place à leur position. Certains cachés dans des véhicules banalisés, d'autres postés dans les différents bâtiments donnant sur la bijouterie, et encore d'autres en civil, jouant les promeneurs du dimanche. Des renforts de gendarmerie se tenaient prêts à la mise en place de barrages routiers au cas où l'interpellation directe ne se passerait pas comme prévue. Thierry Bardot dirigeait l'opération depuis l'arrière d'une camionnette blanche. Devant lui, des écrans reliés aux caméras de surveillance placées dans la rue et dans la boutique. Un casque sur la tête, un micro devant la bouche, il gardait tous ses hommes en contact radio. La coordination était la clef de la réussite.

— Contrôle position, par numéro. Alpha 1.

La voix de Thierry ne tremblait pas, pourtant la montée d'adrénaline se faisait sentir. La peur et le stress grandissaient.

— Alpha 1, OK R.A.S.

Ces simples mots suffisaient pour le moment au chef de la brigade policière.

— Alpha 2.

— Alpha 2, OK R.A.S…

Ses hommes passés en revue, il fallait maintenant patienter et Thierry savait que ces moments de suspense paraissaient excessivement longs, tant la tension était forte. Une pensée pour Sarah réussit à le détendre un moment. *Je sais qu'elle est avec nous*, se rassura-t-il les yeux fermés.

Face à cette intervention risquée, chacun des collègues de Sarah se sentit pris d'un élan de courage.

23 h 32

Installé dans la 307, se rongeant nerveusement les ongles et se grattant frénétiquement la nuque, Mike attendait le signal du départ. Tony et Franck dans la Volvo, vérifiaient les armes et les munitions tout en répétant les étapes du braquage.

Quand tout fut prêt, Franck fit un signe de tête à Mike et les deux voitures se mirent en branle sur le sol caillouteux et abîmé de l'usine désaffectée. Il leur fallait environ vingt-cinq minutes pour atteindre la ville.

0 h 01

— Alpha 9, un véhicule en approche rue Sainte Catherine, une Volvo grise, deux hommes à bord. Je crois que ce sont eux. Je laisse le relais à Alpha 6.

— Alpha 6, reçu, j'attends le visuel. Cible en vue, ils tournent rue Lyautey.

— Alpha 4, j'ai le véhicule en visu. Ils s'arrêtent Place d'Alliance, je passe à leur hauteur. Chef, je confirme, ce sont nos hommes.

*

— T'es prêt Francky ? lança Mike très motivé.

Mike avala une grande gorgée de whisky dans une petite fiole chromée qu'il tenait nerveusement dans la main depuis leur départ.

— Un petit remontant et c'est parti, répondit Franck, sûr de lui.

Il prit la fiole de son ami, le sourire aux lèvres.

Pour lui, ces moments d'excitation valaient largement un bon shoot au crack. Il en était accro depuis longtemps et ses différents séjours en prison ne l'avaient pas sevré. Il but à son tour avant de faire glisser sur son visage une cagoule noire ne laissant place qu'aux yeux et à la bouche. Mike l'imita et accéléra un grand coup.

0 h 12

— Alpha 4, alerte à toutes les unités, la Volvo prend de la vitesse et s'engage rue Bailly.

— Personne ne bouge avant mon signal, c'est compris ?

Thierry Bardot avait pris une voix ferme. Son cœur battait fort, la sueur coulait le long de ses tempes, mais dans le feu de l'action, il gardait le contrôle.

Prêts à intervenir, armes chargées, gilets par balles enfilés, tous n'attendaient qu'un seul mot dans leur oreillette. Le silence de l'attente fit place à un bruit sourd fracassant. La Volvo venait de perforer la devanture de la bijouterie. Comme prévu, les deux hommes sortirent du véhicule et s'engagèrent dans le trou béant laissé par la voiture dont le capot plié en deux et la calandre traînant par terre témoignaient de la violence du choc. Sur la banquette arrière, un cocktail Molotov brûlait. Les sirènes de l'alarme sifflèrent leur air le plus aigu, dans l'indifférence des voleurs qui en avaient pris l'habitude. Entraîné et bien préparé, Tony fondit sur les vitrines jetant tout ce qu'il pouvait dans son sac. Le stress, la chaleur, le bruit, les lumières ne semblaient pas perturber Franck qui prit le temps de plastiquer le petit coffre de l'arrière boutique.

Au même moment, une Peugeot 307 s'approchait le long du trottoir, en face de la bijouterie.

*

— Go ! A tous, go, go, go ! lança Thierry dans son micro avant de se jeter hors de la camionnette garée à quelques mètres de là, rue Saint Georges.

Une marée humaine venant de tous les côtés se déversa sur la bijouterie. Trois hommes foncèrent sur Mike, le menaçant de leurs armes en lui criant de sortir les mains en l'air. Il s'exécuta et fut embarqué sans ménagement dans un fourgon. Très vite, des coups de feu retentirent. Comme des petits soldats de plomb qu'on aurait fait basculer d'un coup de pouce, tous les policiers se mirent à terre et ripostèrent de plus belle. La partie s'annonçait serrée. Les malfaiteurs étaient faits comme des rats mais ils ne se laisseraient pas arrêter si facilement.

*

Une grande agitation perturbait Sarah. La tranquillité, le silence absolu et le noir intense laissaient peu à peu place à des grondements sourds, des flashs lumineux et des mouvements violents qui la secouaient comme une poupée de chiffon. Des rires, des pleurs, des cris, des couleurs, des frissons, des tremblements, des bourdonnements se mélangeaient autour d'elle la laissant dans l'effroi et la stupeur. Soudain, elle se sentit comme aspirée vers l'avant dans un espace constitué de sons et d'images étranges qui avaient été sa vie. Elle accélérait. Les visions autour d'elle n'étaient plus lisibles, toujours plus vite, un sifflement étrange la transperçait, encore plus vite, peur, joie, tristesse, bonheur, malheur formaient une nouvelle émotion en elle. Elle ne savait plus dissocier les sensations ni songer aux faits. Elle devenait le jouet de forces supérieures. La relative conscience de son état s'amenuisait. La seule et ultime attache vers les siens s'effritait en poussière.

Puis, brusquement, tout s'arrêta net. Une lumière rose envahit son espace, impalpable nuage cotonneux chaud, humide, presque étouffant. Un bonheur immense la parcourut, indescriptible sensation sans équivalence sur Terre. Puis plus rien. Elle mourait paisiblement.

Lundi 10 juillet 2006

0 h 15

— Vous pouvez l'emmener à la morgue, ordonna l'interne de permanence au brancardier.

L'inévitable s'était produit. Les miracles sont trop rares. Il aurait vraiment aimé que cette jolie jeune femme se tire d'affaire ! Il venait pourtant de constater son décès trois minutes plus tôt, sans s'être acharné en réanimation sur la malheureuse vouée à une vie végétative. Il fallait maintenant soutenir les regards et les pleurs des proches.

*

Les gars de la brigade anti-criminalité pouvaient être fiers. La mission avait été une réussite complète, car malgré la résistance des malfaiteurs et de longs échanges de coups de feu, ils avaient pu les maîtriser grâce aux gaz lacrymogènes qui les avaient asphyxiés. Les trois prévenus allaient être entendus chacun de leur côté par des inspecteurs pour collecter des explications concernant l'argent et les armes qui avaient été trouvés dans le coffre de la Peugeot. Le flagrant délit leur coûterait au moins dix ans de prison mais il fallait prouver qu'ils étaient bien les auteurs des autres vols. Thierry Bardot, quant à lui, avait hâte de les écouter à propos de l'agression de Sarah. Son flair de flic d'expérience ne le trompait pas, il était certain que les hommes arrêtés cette nuit étaient aussi à l'origine des malheurs de Sarah. D'ailleurs, les autres pistes explorées n'avaient rien donné. Il espérait pouvoir les confondre. Les seuls indices sérieux dont il disposait étaient des empreintes de pas dans le sol boueux de la forêt dans laquelle Sarah avait été retrouvée par un promeneur. Malheureusement, la moitié au moins de ces empreintes avait été effacée par la pluie et, concrètement, elles n'étaient pas vraiment exploitables.

9 h 52

— Allô !
— Julie.
La voix de Clément tremblait tellement, que Julie comprit tout de suite la raison de cet appel matinal.
Clément recherchait un réconfort auprès de ses proches. La terrible nouvelle du décès, le matin même, de la femme qu'il aimait, l'avait anéanti. Bien qu'il fut conscient de cette éventualité, il ne comprenait pas ce qu'il se passait et avait perdu ses repères. Frappé de plein fouet, il avait machinalement fait défiler son répertoire téléphonique jusqu'à Julie, la meilleure amie de Sarah.

— Oh non, Clément, non, c'est pas possible.

Les sanglots émouvants de Julie firent de nouveau monter les larmes aux yeux de Clément qui craqua à son tour.

— Elle est morte cette nuit, il n'y avait plus rien à faire. C'est horrible. J'ai tellement mal, tu sais.

Les mots sortaient hachés de la bouche de Clément qui ne pouvait contenir sa peine.

— Je ne veux pas y croire. Clément, on est avec toi, tu sais.

Les larmes de Julie avaient transformé sa voix.

— Je sais. Ecoute, j'ai des formalités à régler pour aider les parents de Sarah, est-ce que tu peux prévenir les autres s'il te plaît ?

— Oui, bien sûr. Et ne reste pas tout seul, viens nous voir ce soir, on y arrivera mieux ensemble.

— D'accord.

— A tout à l'heure.

Julie s'effondra alors sur le sol. Recroquevillée sur elle-même, elle resta immobile ainsi plusieurs minutes avant de prendre congé auprès de son patron qui comprit aisément la situation.

11 h 11

Si ma vie devait avoir une fin, ce serait à cet instant très précis. C'est ce que ressentit Esteban, la seconde même qui suivit l'appel de Valentin. Assis, immobile dans sa voiture, il avait raccroché sans dire un mot. Il n'arrivait même pas à pleurer. Cela l'aurait sans doute aidé un peu à évacuer sa peine, mais il n'en était pas là. Sa souffrance allait bien au-delà et l'impossibilité affligeante de s'en remettre s'était imposée comme la nature peut s'imposer sur l'homme lors d'une tornade, lui rappelant combien il n'est rien. La nature balayait maintenant Esteban d'une souffrance intérieure sans précédent. La nuit passée, il avait encore accompagné Sarah dans ses pensées. Rien n'avait indiqué sa fin. Ferait-il encore le même rêve maintenant qu'elle était morte ? Esteban se persuadait qu'il n'aurait pas le temps de le vérifier. En effet, la suite logique pour lui était la mort, inévitable, obsessionnelle même. La seule question qui lui parvint à l'esprit était : comment ? Et comme une coïncidence dans son autoradio, une douce mélodie aux paroles explicites résonnait. Esteban se concentra sur les paroles tout en réfléchissant à sa fin, à lui.

A demi-mot, je vous le dis
C'est à demi-mort, que je suis
Il manque une moitié à ma vie,
Une partie de moi est partie.

A demi-mot, je vous le dis,
Depuis que ma poupée jolie
S'en est allée loin d'ici,
Je ne vis plus qu'à demi...[8]

---

[8] « A demi-mot » de Matthieu Chedid (Le soldat rose)

19 h 54

Les vingt minutes qui suivirent l'arrivée de Clément chez Valentin et Julie furent lourdes et silencieuses. Chacun avait une mine affreuse, les yeux enflés des pleurs retenus tant bien que mal tout au long de la journée, le teint pâle comme si les couleurs s'étaient enfuies avec Sarah. Puis, ils avaient pourtant trouvé la force de parler et de s'échanger des mots d'encouragement en imaginant des horizons meilleurs qui, pour le moment, leur semblaient à des années lumière de ce terrible présent. Malheureusement, l'inquiétude qu'ils avaient supportée plusieurs semaines pour Sarah, ne les avait pas quittés, mais s'était transposée sur Esteban. Valentin leur avait raconté le coup de fil muet et ils étaient maintenant sans nouvelle. Evidemment, tous pensaient au pire. La révélation de l'amour secret d'Esteban pour Sarah avait ensuite alourdi leurs soucis. Les amis déjà amputés d'un des leurs avaient bien des raisons de se tourmenter.

Samedi 21 octobre 2006

20 h 00

« Madame, Monsieur bonsoir. Les titres de l'actualité de ce samedi 21 octobre. Reportage sur les fabuleux progrès de la police scientifique. Les dernières technologies ont permis de confondre des criminels pour l'agression ayant entraîné la mort de la jeune policière de Nancy l'été dernier. En effet, des échantillons de boue retrouvés sur une chaussure des agresseurs ont pu être identifiés comme semblables à ceux prélevés sur les lieux du drame. Puis nous évoquerons à nouveau la grève des contrôleurs aériens qui bloque le trafic depuis maintenant une semaine… »

Clément n'écoutait déjà plus la suite des informations et le présentateur semblait être une marionnette muette habillée d'un sourire trompeur. La nouvelle qu'il avait apprise la veille, l'avait quelque peu consolé de son chagrin. Justice serait rendue dans quelques mois et les salauds Winterstein et Esperanzo ne risquaient pas de revoir le jour avant de très longues années. Ils avaient déjà été reconnus coupables de tous les vols de bijouteries et le meurtre de Sarah leur vaudrait probablement une peine supplémentaire de vingt ans pour assassinat. Depuis trois mois, sa vie avait ralenti et il sentait que ce dénouement lui permettrait un nouveau départ. Il comprit par la même occasion la détresse de ceux n'ayant aucun visage coupable à traduire en justice pour la disparition d'un des leurs. Il poussa un grand soupir l'allégeant de son poids sur le cœur. Une autre vie commençait. Pas question d'oublier Sarah, bien sûr. Ni de retrouver une autre fiancée d'ailleurs, mais maintenant il se permettait, quelque part au fond de son être, cette éventualité future. Ses amis l'aideraient sûrement dans cette reconquête de personnalité. Il pouvait compter sur eux. Julie et Valentin avaient la tête sur les épaules et bien qu'affaiblis par le décès de leur amie, ils avaient poursuivi leur quotidien, bien aidés par la présence de la petite Thelma dont les sourires leur donnaient la force d'avancer. Malheureusement, ils étaient tous sans nouvelles d'Esteban depuis ce 10 juillet terrible. Ils savaient qu'il allait bien car Julie l'avait croisé errant seul en ville. Il s'était échappé en courant lorsqu'elle l'avait appelé. Il avait aussi apparemment repris son boulot. Esteban semblait vouloir fuir tout ce qui pouvait lui faire penser à Sarah. Ses amis respectaient cela et n'insistaient pas. La vie reprendrait son cours un jour.

22 h 41

Les yeux injectés d'un sang aussi rouge que la carrosserie de sa voiture, Esteban roulait sur une petite départementale en direction de l'ouest comme s'il voulait rattraper le soleil qui s'était couché quelques heures plus tôt. Comme pour retrouver la lumière qu'il avait perdue trois mois auparavant. Sa source de vie ayant disparu, il s'éteignait à petit feu. Il n'avait pas eu le courage de se suicider, il avait continué à tenter de vivre, mais il n'y arrivait pas. C'était bien au-dessus de ses faibles forces. Alors, à l'image de son existence actuelle, il roulait sans savoir où aller, le destin le mènerait bien quelque part. Comme souvent, sa musique l'accompagnait. Une chanson qui le faisait vibrer était diffusée dans les hauts parleurs. A chaque fois qu'il l'écoutait, il rêvait qu'il embrassait Sarah.

Il chantait à en perdre la voix, ne se préoccupant pas de la justesse. Les larmes aux yeux, drogué par les réactions chimiques du malheur, que son cerveau lui déversait, il se transcendait.

Pride can stand a thousand trials (La fierté peut résister à un millier d'épreuves)
The strong will never fall (Le fort ne faiblira pas)
But watching stars without you (Mais en regardant les étoiles sans toi)
My soul cries (Mon âme pleure)

Heaving heart is full of pain (Mon coeur lourd est empli de peine)
Oooh, oooh, the aching (Oh, oh, la souffrance)
'Cause I'm kissing you, oooh (Car je t'embrasse, oh)
I'm kissing you, oooh... (Je t'embrasse)[9]

---

[9] « Kissing you » par Des'ree (BO du film Roméo + Juliet)

A l'époque, c'est à dire avant le drame, il rêvait d'un slow langoureux sur cet air avec sa princesse, comme sur bien d'autres titres d'ailleurs. Il en avait même une liste toute prête. S'il avait pu imaginer une telle destinée, il aurait relativisé bien entendu. Les « si », il les détestait pour les avoir employés sans cesse depuis trop longtemps. *Si je l'avais rencontrée avant ; si elle quitte Clément ; si elle me regarde ; si je lui disais tout ; si je m'habille comme ça, elle va me remarquer ; si seulement je pouvais l'embrasser, rien qu'une fois ; si...si...si elle était encore en vie...*

La pluie battante déversait sur le pare-brise des trombes d'eau que les petits essuie-glaces avaient bien du mal à balayer. La nuit était très sombre et la route sinueuse tendait ses pièges à la Mini qui roulait à toute allure. Esteban se fichait bien des risques qu'il prenait, il voulait en finir. Et ce qui devait arriver, arriva. Un virage trop serré, une vitesse trop grande et une route trop détrempée. Beaucoup de « trop » qui font un terrible accident. Bien que préparé au pire, Esteban eut un haut le cœur, et fut pris d'une effroyable peur quand il sentit sa voiture glisser inexorablement vers le fossé. Puis ce fut le bruit sec de la tôle froissée et celui vif des vitres brisées, lors des nombreux tonneaux qui le menèrent vers la Moselle, fleuve pourtant déjà bien agité par les précipitations du jour. Le plongeon mit fin à tout cet univers terrifiant qui lui sembla durer des heures. Tout devint sourd et noir subitement.

Dimanche 22 octobre 2006

8 h 30

Les yeux encore fatigués, sa fille assise sur ses genoux, Valentin tentait tant bien que mal de se concentrer sur les tartines qu'il préparait amoureusement pour Julie. La nuit avait été coupée par plusieurs terreurs nocturnes de leur petite. Julie avait eu toutes les peines du monde à rassurer et rendormir Thelma. Elle profitait encore un peu de la couette et attendait que son homme lui apporte le plateau déjeuner promis. Le téléphone fixe sonna. Etonné d'un coup de fil matinal ce dimanche, Valentin vérifia la provenance de l'appel. Il remarqua tout de suite en consultant l'écran que le numéro n'était pas ordinaire. Un numéro à rallonge provenant de l'étranger. Il décrocha. La personne à l'autre bout du fil cherchait ses mots.

— Excusez-moi, je suis téléphone de Valentin ?
Cette voix, Valentin la connaissait pour l'avoir entendu une ou deux fois déjà. Le fort accent espagnol de la maman d'Esteban ne laissait aucun doute sur l'origine de l'appel.

— Madame Luis ! Que se passe-t-il ? cria Valentin, trahissant ainsi l'inquiétude grandissante qu'il éprouvait pour son ami.
Bien évidemment, il alla droit au but. Un tel appel n'annonçait rien de bon.

— Si, c'est la maman de Esteban. J'ai reçu téléphone de la Policia. Madre mia, ils ont trouvé el coche, la voiture, de mi Esteban dans le fleuve. Esteban, ils le trouvent plus. Mama mia, je ne veux pas la muerte de mon fils.

Madame Luis s'effondra en pleurs.

— Madame, ne pleurez pas s'il vous plait, no llorar por favor.

Valentin tentait de se servir des quelques bases d'espagnol qui se cachaient bien profondément, au repos, quelque part dans sa mémoire.

— Je vais voir la Police et je vous appelle quand j'ai des nouvelles.

- Si muchas gracias, merci Valentin, j'ai très peur, appelle-moi vite por favor.

*

L'efficacité était l'une des grandes qualités de Valentin. Il put très vite en savoir un peu plus sur les évènements. Effectivement, les pompiers, lors d'une intervention suite aux intempéries de la veille, avaient découvert l'Austin Mini d'Esteban dans un état pitoyable, à demi flottante dans la Moselle. Les enquêteurs chargés de l'affaire avaient pu identifier le propriétaire de la voiture. D'autre part, au vu des nombreuses marques dues aux tonneaux et à la chute dans l'eau, ils avaient très vite conclu à un dramatique accident de la route. La cause de celui-ci avait rapidement été attribuée à la pluie et à la vitesse. Le corps d'Esteban n'ayant pour le moment pas été retrouvé, la classification administrative à employer était « disparu », mais officieusement, la mort semblait inéluctable. Soit lors du choc, soit par noyade. Selon eux, le corps apparaîtrait probablement d'ici quelques jours voire semaines. Aucune illusion n'était à se faire, Esteban était mort.

Incroyable et tragique découverte. Valentin n'en revenait pas. Comment pouvait-on perdre en si peu de temps deux de ses meilleurs amis. Quelle injustice ! Le dégoût lui remua l'estomac jusqu'au vomissement. Seul dans son coin, il tentait tant bien que mal de retrouver ses forces. Il devait appeler madame Luis et prévenir Julie et Clément. Il ne pouvait pas croire à tout cela. Il voulait garder espoir.

Et pourtant, Esteban ne se trouvait à ce moment même, qu'à quelques kilomètres de lui…

*

Ce sont d'abord les odeurs qui réveillèrent Esteban. Un mélange agressif d'encens, de parfum bon marché, de tabac froid et de cuisine grasse qui laisse ses empreintes sur tout ce qui l'entoure. Puis il ouvrit les yeux pour découvrir l'endroit dans lequel il avait atterri. Il n'avait sans doute pas mérité le paradis mais ce n'était pas l'enfer non plus. Le lieu était minuscule, une caravane des années soixante remplie d'une multitude de bibelots aussi colorés que kitch. Quelques bougies dansaient et projetaient des ombres improbables sur les murs en plastique brun. Esteban voulut tourner la tête pour mieux observer l'irréalité de cette situation. Il n'était pas tout à fait sûr de ce qu'il vivait mais une vive douleur le paralysa non seulement dans son mouvement, mais aussi dans ses délires d'arrivée dans l'au-delà, le ramenant brusquement sur le canapé inconfortable où il avait été déposé.

— Ne bouge pas trop chéri, t'es pas en état !

La voie rauque et abîmée par de nombreuses années de tabagisme intensif surprit Esteban.

Il tourna son regard non sans effort et put voir s'approcher de lui une vieille dame dont la peau plissée ne supportait plus les couches de maquillage qui, à l'évidence, ne dissimulaient plus rien de l'âge bien avancé de cette dernière. Elle portait des boucles d'oreilles énormes qui tombaient sur ses épaules, et ses cheveux bouclés faisaient penser aux poils d'un caniche. Elle était enveloppée dans un déshabillé noir laissant deviner sa maigreur squelettique. Elle reprit entre deux bouffées de cigarette :

— Ne t'fatigues pas mon grand, t'es bien amoché.

— Qui êtes-vous ? balbutia Esteban.

— On verra ça plus tard, tu dois rester allongé et dormir encore. Ce que je t'ai donné ne fera effet que dans deux ou trois heures.

— Ce que quoi, mais…

Esteban s'effondra sur son lit d'accueil replongeant dans un profond sommeil.

11 h 17

Le soleil avait repris une petite place au milieu des nuages, laissant quelque répit aux lorrains avant la prochaine averse. Un rayon fraya son chemin, faisant tournoyer les particules de poussière à travers les stores métalliques de la caravane où Esteban avait été recueilli. Celui-ci eut un réveil moins embrumé que le précédent. Ses douleurs l'avaient quitté. La journée était bien entamée et tout lui semblait maintenant moins étrange que ce que peut réserver le monde de la nuit. Pourtant, la réalité s'offrit à nouveau à lui quand il jeta un regard rapide autour de lui. Il tenta de reprendre ses esprits pour retracer le déroulement de la nuit. Ses souvenirs les plus clairs étaient ceux qui précédaient l'accident, bien qu'il eut tout de même un doute sur l'existence de ce dernier. Mais ensuite, qui l'avait retrouvé et comment s'était-il tiré indemne de sa violente sortie de route ? Assis, le regard dans le vide, Esteban ne remarqua pas tout de suite la présence de la mystérieuse dame de la nuit. Elle détenait les réponses à toutes ses questions.

Cette rencontre n'était pas tout à fait le fruit du hasard, et bien que cartésien, Esteban devait se rendre à l'évidence quant au surnaturel de sa présence ici. Il n'imaginait pas encore que ses croyances seraient définitivement bousculées, et que sa vie serait profondément remise en question, face à l'incroyable proposition que Bettina Winterstein lui réservait.

15 h 27

Sans vraiment savoir comment cela était possible, les jambes d'Esteban le portaient maintenant, sans effort, ni douleur le long d'un petit chemin longeant le fleuve dans lequel il avait été repêché. A ses côtés, la vieille gitane allait lui expliquer dans les détails son sauvetage de la nuit. Elle l'avait sommé de l'écouter sans poser la moindre question, y compris sur son identité. Depuis son réveil, Esteban n'avait de cesse d'en savoir un peu plus, mais Bettina restait mystérieuse. Sans prendre conscience du surréalisme de sa situation, encore sous l'effet non seulement des nombreux médicaments qu'il avait pris ces dernières semaines, mais aussi des cataplasmes et tisanes artisanales qui l'avaient soigné de ses blessures, Esteban était tout ouïe. Bettina commença son récit par ce qu'elle connaissait d'Esteban. Sa vie, ses souffrances des mois derniers, son amour secret pour Sarah. Ebahi, Esteban brûlait de mille questions que le regard franc de Bettina arrêta net. Oui, elle connaissait tout de ses émotions, c'était un don qu'elle possédait depuis sa naissance et qu'elle avait développé au fil du temps. Sa force de compassion était puissante et si elle ne pouvait pas prédire l'avenir comme certaines personnes du milieu gitan, elle pouvait se plonger dans l'hémisphère droit du cerveau de certaines personnes, celui des sentiments. Mais ce n'était pas tout, loin de là. Esteban n'était pas au bout de ses surprises. Le hasard n'existait pas pour Bettina Winterstein. Esteban allait vite le comprendre.

— Mon canard, poursuivit-elle. Je t'ai sauvé cette nuit, mais je vais peut-être aussi te sauver de ta misérable existence si tu en as la profonde envie et si les sentiments qui t'animent sont assez forts. Tu étais prêt à passer dans l'au-delà hier soir, n'est-ce pas mon chou ?

Esteban acquiesça d'un geste de la tête et montra d'un regard fuyant son léger agacement lié aux surnoms que Bettina lui donnait.

— Je t'ai amené à moi car je vais t'aider et tu vas m'aider en retour. Tu as eu un sacré accident, ta voiture est une épave. C'est mon fils Johnny qui t'a repêché dès ta chute dans le fleuve, nous t'attendions.

Esteban, tout en écoutant la mystérieuse femme, réfléchissait aux explications possibles qui justifieraient cette mascarade. Il n'était pas né de la dernière pluie et il se méfiait de l'arnaque. Bettina poursuivit.

— Tu ne t'étais pas raté et je pense que ton objectif aurait été atteint sans notre intervention. C'est moi qui t'ai soigné cette nuit, mon poulet. J'ai quelques recettes de grand-mère bien efficaces. Maintenant tu vas bien et je vais pouvoir t'expliquer le reste si tu es prêt à l'entendre. Je m'appelle Bettina Winterstein.

Esteban stoppa sa marche et fixa Bettina sans savoir comment réagir.

— Je pense que mon nom te dit quelque chose. Ce sont bien mes fils les auteurs des vols de bijoux et de l'agression de ta chérie. Je les avais pourtant bien prévenus que ça ne servirait à rien et aujourd'hui ils croupissent en prison pour un moment. Je ne peux pas l'accepter, ils sont ma chair et je souffre de leur absence.

Esteban contenait ses nerfs autant que possible, trop impatient d'en savoir un peu plus sur cette histoire. Il était à deux doigts d'exploser de colère et de rage et voulait tout casser autour de lui. Il aurait aussi pu s'en prendre physiquement à cette sorcière qu'il avait en face de lui, à l'origine de la création des monstres qui lui avaient ôté Sarah.

— Je vois que tu t'énerves. Calme-toi mon ange, je t'ai dit que j'allais t'aider. Ecoute attentivement. J'ai la possibilité de te rendre ton amour, mais pour cela tu devras t'engager à aider mes fils en retour. Tu m'as bien comprise, je te promets que tu vas pouvoir retrouver Sarah !

— Mais, quoi, ce n'est pas possible, je ne saisis pas…

Abasourdi, Esteban se sentait démuni et perdu. Que faire de toutes ces informations qu'il avait prises de plein fouet ? Bettina ne l'avait pas ménagé en étant très directe et franche. Que croire, il n'en savait rien mais une chose était sûre, il était capable de tout pour

Sarah et plus rien n'avait d'importance depuis sa mort. L'état lamentable dans lequel il s'était mis ces mois derniers en était la preuve. *Ce pour quoi tu acceptes de mourir,* pensa-t-il.

— C'est cela seul dont tu peux vivre. Je suis d'accord, mon p'tit chou.

Une fois de plus, Bettina avait montré de quoi elle était capable et elle avait senti Esteban se détendre. Il était prêt à aller plus loin dans l'aventure.

— Ce soir je t'expliquerai tout et tu n'auras qu'à te laisser faire. En attendant, va te reposer.

Esteban s'exécuta. Il préférait ne pas poser de questions, ni s'en poser trop d'ailleurs. Il se laisserait aller vers sa destinée et si, comme Bettina le lui avait promis, il pouvait retrouver Sarah, alors c'était tout ce qui comptait, peu en importait les conditions.

23 h 00

Valentin tournait et tournait encore dans son lit. Le sommeil ne se laisserait pas attraper si facilement ce soir. Il avait eu à nouveau madame Luis quelques heures plus tôt et la détresse de la pauvre femme l'avait terriblement déstabilisé. Perdre son enfant, il avait réalisé avec la naissance de sa fille qu'il n'existait rien de plus horrible. C'était une peur qu'il avait dû accepter en devenant père mais à laquelle il ne s'était pas vraiment préparé, car seul l'attachement physique réel de sa fille dans ses bras, lui en avait fait prendre toute la mesure. Le plus difficile à concevoir pour lui était l'impuissance la plus grande qui l'habitait et contre laquelle il ne pouvait pratiquement rien face à tous les risques qu'encourrait Thelma, bien malgré elle, durant son existence. La maladie, les accidents et tout ce qui peut se passer, Valentin ne préférait pas y penser, sinon il ne vivait plus tranquillement. A cet instant, ce qui le perturbait le plus était le drame affreux qui concernait Esteban, alors qu'avec Julie, ils ne s'étaient pas encore remis de la disparition de Sarah. Il pensait beaucoup à son ami auquel il tenait énormément et espérait un dénouement heureux. Une larme trop légère pour emporter sa peine coulait lentement sur sa joue. Julie, en phase avec son homme, posa sa douce main sur son torse et vint se blottir tendrement contre lui. Les drames qu'ils vivaient, s'ils les rendaient profondément tristes, leur rappelaient aussi combien ils étaient vulnérables et que les moments qu'ils pouvaient partager tous les trois avec Thelma valaient tout l'or du monde. Chaque seconde, chaque instant, les deux amants les rendraient uniques à présent, ils se le promirent et purent alors se laisser aller vers un repos quelque peu agité par des rêves un peu flous. De ceux qui mettent mal à l'aise, même au lendemain lumineux. Au pied du lit, le « Poulet » soupirait lui aussi, comme s'il comprenait tout ce qui se passait et compatissait avec ses maîtres d'adoption.

*

Assis dans son salon, Clément se laissait emporter par la nuit sur un air qu'il appréciait beaucoup pour l'avoir chanté de nombreuses fois à Sarah. Le texte le touchait profondément par sa poésie moderne et originale et l'accompagnement, à tendance jazzy, le transportait.

Tu sais l'effet qu'un seul de tes sourires me fait,
Tu panses mes faiblesses, m'offres l'ivresse.
A chacune de tes caresses
Oh my little weed. (Oh ma petite drogue)

On est Adam et Eve,
Et c'est mieux qu'dans un rêve,
Elle m'a fait quer-cro sa pomme,
C'est ma femme, j'suis son bonhomme.
Et la somme de nos cœurs,
Est plus enflée que le dôme du sacré cœur.
C'est une mère, c'est une fleur.
Une magic sister, si elle me quitte, je meurs
Apprenti bonheur, un peu looser
Recherche l'âme sœur pour des jours meilleurs.
J'ai b'soin d'ton cœur, d'ton corps et d'ta chaleur.
Tu seras ma diva, et moi j'serai ton crooner...[10]

Ces soirs maussades le rendaient plus malheureux encore et lui faisaient peur. En effet, c'était de nuit que l'on avait agressé Sarah, de nuit qu'elle était

[10] « Reggablues » de Anis

morte, de nuit qu'Esteban avait disparu à son tour. La nuit était dorénavant synonyme de malheur. N'était-ce d'ailleurs pas la nuit que, statistiquement, la plupart des crimes, vols, viols et meurtres étaient commis ? Sarah le lui répétait souvent, constatant la dure réalité durant ses missions. Il devait se faire à cette nouvelle vie, à ces nouvelles nuits, sans la lumière de sa princesse.

*

Le moment tant attendu depuis les révélations incroyables de l'après-midi, approchait. Bettina s'était lancée dans un rituel auquel Esteban ne comprenait absolument rien. A la seule lueur des bougies dont l'odeur ne ressemblait à aucune autre, Bettina, toute habillée de dentelle noire, avait posé devant elle des gris-gris qui semblaient tout droit sortir de la valise de l'accessoiriste d'un film de série B. Le premier était une sorte de bâton dont le manche était sculpté de formes bizarroïdes rappelant les rites vaudous et au bout duquel pendait ce qui semblait être des cheveux tressés. Le second ressemblait à une pierre taillée qu'utilisaient nos ancêtres du paléolithique pour fendre les peaux des bêtes qu'ils avaient chassées. Sur cette dernière, les mêmes symboles vaudous étaient tracés à la peinture rouge. Esteban put cette fois mieux voir les marques représentées. Il s'agissait d'une sorte de visage que le nez droit divisait en deux. Les yeux fins lui donnaient un air peu rassurant. Quant à la bouche, béante, elle semblait pousser un cri difforme. Bettina fermait les yeux et invoquait des esprits. Le ridicule de cette situation perturbait quelque peu Esteban, qui doutait fortement des pouvoirs de la gitane. Bettina parcourait maintenant la caravane de long en large, jetant des coups de ce bâton vaudou tel un prêtre qui bénit son assistance. Une heure plus tôt, Esteban avait dû boire une quantité impressionnante d'une mixture de fabrication artisanale au goût horrible. Il commençait à en ressentir quelques effets, mais ceux-ci s'apparentaient plutôt à une indigestion. Soudain, il eut une crampe affreuse à l'estomac qui le paralysa complètement. Sa souffrance était atroce et une peur intense le parcourut. Il eut alors l'impression d'être simplement tombé sur des fous, des psychopathes dont il allait être la prochaine victime. Pourquoi s'était-il laissé embarquer dans cette caravane grotesque et comment avait-il pu croire les histoires de la veille gitane ? C'est ce qui traversa en premier lieu l'esprit d'Esteban. Johnny Winterstein, le petit dernier de la famille, assistait sa mère dans ce qui semblait être l'exécution du malheureux. La douleur augmentait et le pétrifiait littéralement. Johnny avait allongé Esteban sur le canapé et le maintenait fermement. Bettina s'était maintenant penché sur lui et avait pris la pierre dans sa main gauche. A ce moment précis, alors qu'elle le fixait profondément, Esteban aurait juré que les yeux de Bettina étaient devenus rouges. Elle prononça quelques charabias incompréhensibles et s'adressa à Esteban d'une voix franche et autoritaire qui ne laissait nulle place à la discussion.

— Sarah, tu vas la retrouver, mais elle ignorera ton existence.

Sa voix rauque semblait provenir d'ailleurs.

— Tu pourras profiter d'une nouvelle chance, d'une nouvelle vie. A toi d'en faire ce que tu veux.

Esteban écoutait attentivement malgré la douleur qui l'accablait toujours.

— En échange, tu engages ton corps et ton âme dans une mission dans mon intérêt et celui de mes fils Tony et Mike. Par tous les moyens, j'ai bien dit tous les moyens, tu empêches Sarah Flaubert, la flic, d'enquêter sur mes fils. Tu éviteras ainsi son agression et tu la sauveras. Mes fils, quant à eux, devront pouvoir terminer leur dernier coup et disparaître. L'échec n'est pas envisageable. J'aurai un contrôle de tes faits et gestes et si tu ne t'acquittes pas de ta tâche, l'un de vous deux mourra ! Le reste t'appartient ! Es-tu d'accord ?

Esteban n'eut pas d'autre choix que d'exprimer son accord avec ce pacte improbable. Véritablement torturé, il accepta d'un hochement de tête, de vendre son âme au diable qui se tenait assis sur lui, le pétrifiant de son regard intense. Il eut une forte pensée pour Sarah, ce qui lui permit de tenir bon : *Au pire, je la rejoins dans l'au-delà.* Le pauvre n'imaginait pas qu'il lui faudrait un soutien encore plus fort pour résister aux sévices qu'il allait maintenant subir. La main gauche de Bettina s'abattit brutalement sur son sternum. Puis lentement elle procéda à une découpe précise de haut en bas de la peau d'Esteban dont le hurlement s'était propagé jusqu'à la ville endormie, à plusieurs centaines de mètres de là. Aucune oreille n'avait malheureusement prêté attention à cet ultime appel. Bettina poursuivait le supplice en traçant d'autres traits à la pierre. Vue d'en haut, la découpe rappelait les signes vaudous. Le torse tailladé, Esteban criait encore, il pleurait. Comme pour répondre aux prières d'Esteban d'en finir, Bettina le frappa violemment au cœur avec le côté rond de la pierre. La dernière image d'Esteban fut le sourire machiavélique de la gitane en transe, et au coup final, il sentit son cœur s'arrêter net. Le dernier battement résonna dans sa tête comme le gong d'une horloge qui sonne minuit. Puis il se sentit s'enfoncer mollement dans le sol, le silence était pesant, une peur intense l'animait toujours et il tombait, il tombait encore et encore, doucement. Rien autour de lui pour le rassurer. Au fur et à mesure qu'il descendait, ses douleurs s'amenuisaient. Il ne ressentait plus son corps mais cela ne l'inquiétait pas. Il réussit à se concentrer sur son plus beau souvenir. Evidemment l'image du visage souriant de Sarah lui apparut. Elle le regardait de ses yeux verts dans lesquels il pouvait lire la sensibilité, la douceur et la grâce. Sur ses lèvres devenues muettes, quatre mots se dessinèrent timidement : *Sarah, je t'aime.*

Samedi 19 mars 2005

9 h 03

Lorsque ses paupières s'ouvrirent doucement aux premiers rayons du soleil qui traversèrent les volets de sa chambre, bien qu'un peu égaré, Esteban se sentit étrangement bien, mentalement et physiquement. Le souvenir de sa dernière soirée était pourtant très présent dans sa tête. Il pouvait encore ressentir les affreuses douleurs qu'il avait subies et machinalement, il souleva son T-shirt pour vérifier les sévices que Bettina lui avait infligé. Rien, évidemment. Cela aurait rendu crédible cette aventure. Maintenant il fallait faire le tri et recomposer toute l'histoire. Cela ne pouvait pas être un rêve, impossible, tout était si précis dans sa mémoire.

Groggy de sommeil, il se leva, ouvrit ses volets sans se rendre compte de la douceur et de la lumière déjà vive du soleil du mois de mars. Sa première surprise fut de découvrir son chien endormi sur le tapis du salon. Il ne bougeait pas, mais ronflait fortement. Esteban était persuadé que Valentin et Julie gardaient le « poulet ». Du moins le temps qu'il se remette de sa déprime liée à la mort de Sarah. La pensée de Sarah lui fit comme un électrochoc. Bettina. Elle lui avait promis qu'il allait la revoir. Il avait pensé à une rencontre dans un univers parallèle, celui de l'autre monde, mais tout était décidément trop flou. Comment faire pour savoir s'il avait rêvé. Le meilleur moyen était de savoir si Sarah était vivante. Il décida d'appeler Valentin pour lui parler et voir ce qu'il dirait, quelle serait son attitude. Il sentirait tout de suite dans le ton de la voix de son ami si le drame s'était bien produit. Tremblant, Esteban prit son téléphone. Sa bouche était empâtée. Cela faisait très longtemps qu'il ne lui avait pas parlé. Valentin ne comprendrait pas cet appel soudain et il ne voudrait peut-être pas lui parler. Mais Esteban ne pouvait se résoudre à abandonner sa quête, cela le démangeait tellement, il ne le supportait plus. Alors, oubliant sa peur d'être mal reçu par Valentin, il composa le numéro qu'il connaissait par coeur. Les trois sonneries qui suivirent lui parurent infiniment longues.

— Allô.

Valentin avait la voix peu franche du dormeur qui n'a pas encore eu l'occasion d'échauffer ses cordes vocales. Il racla sa gorge et reprit.

— Oui j'écoute.

— Salut, c'est moi, je te dérange peut-être ?

Esteban manquait d'assurance.

— Qui est à l'appareil, vous demandez qui ?

— Heu… c'est Esteban, Ça fait longtemps, je sais, mais je voulais prendre quelques nouvelles.

— Comment ? Excusez-moi, mais je ne comprends pas ce que vous voulez. Je ne connais pas d'Esteban.

Abasourdi, Esteban s'était d'abord demandé s'il avait composé le bon numéro, mais rapidement il s'était repris, étant sûr d'avoir reconnu la voix si suave de son pote.

— Valentin, arrête, tu sais bien, c'est moi Esteban, ton ami.

— Mais vous me connaissez ? Désolé, je ne vous remets pas !

— Tu me punis de t'avoir laissé sans nouvelle de moi si longtemps, je comprends, mais maintenant c'est bon, j'ai fait la démarche de revenir vers toi et j'ai besoin qu'on parle.

Un long silence suivit. Valentin poursuivit d'une voix ferme.

— Ecoutez, ça suffit, je vous dis que je ne connais pas d'Esteban. Là, vous me dérangez, on est samedi, jour de repos, et j'aimerais profiter tranquillement de mon lit. Donc vérifiez vos sources et ne refaites plus ce numéro s'il vous plaît. Au revoir.

Il raccrocha sèchement. Esteban n'eut pas le temps de réagir. Il s'était arrêté d'écouter quand Valentin avait prononcé une phrase qui l'avait surpris. *On est samedi, il a dit on est samedi*, Esteban se répéta cette phrase trois fois pour se laisser le temps de réfléchir. Il se souvenait pourtant bien que son accident avait eu lieu un samedi soir car il avait dû supporter une fois de plus une de ces longues journées grises en solitaire d'un week-end du mois d'octobre. Donc, si sa sortie de route s'était produite un samedi, la journée chez Bettina aurait dû être un dimanche et donc ce jour un lundi. *Je ne suis tout de même pas resté inconscient cinq jours d'affilée,* s'interrogea-t-il. Il revint ensuite sur la conversation. Pourquoi Valentin avait-il fait mine de ne pas le connaître ? Lui en voulait-il autant ? *Quelque chose cloche réellement, je dois tirer ça au clair,* les méninges d'Esteban tournaient à plein régime. Alors qu'il s'était pris la tête entre les mains, son regard fut attiré par l'écran de son téléphone portable, posé à ses côtés sur son lit, qui venait juste de se mettre en veille. Avait-il bien vu ! Esteban le reprit vivement dans les mains et fit glisser le slide pour réafficher son écran d'accueil. Oui, il avait bien vu. La date s'était affichée comme pour entraîner Esteban dans un univers qu'il ne comprenait pas, plein de doutes et de questions. « 19 mars 2005 ». Il lut et relut cette date sans cesse. Le portable s'était très probablement déréglé mais Esteban y croyait, cela collait, l'explication était là, devant lui, sur cet écran. *Je suis retourné dans le temps.* Aussitôt prononcée, cette phrase lui parut invraisemblable. Il sauta à nouveau sur son mobile et composa le numéro de sa mère en Espagne. Il prendrait de ses nouvelles et lui demanderait la date du jour. Même si elle trouverait cela bizarre, il saurait la convaincre de répondre et elle ne mentirait pas. Il attendit au moins quinze sonneries, mais personne ne décrocha. Il ne tenait plus en place et ne pouvait attendre le retour de sa maman chez elle. Alors, rapidement, il prit ses clefs et sortit de l'appartement. Il devait en avoir le cœur net et la réponse allait être vite trouvée en bas de chez lui, dans la boutique tabac presse où il achetait souvent son journal. Tout en descendant les escaliers, il croyait de plus en plus à cette magie. Il sentait monter en lui une excitation incroyable. Une grande peur aussi. Cela représentait tellement de choses ! Impossible d'en mesurer toute la dimension. Mais, si tel était le cas… Non ! Il ne voulait pas encore penser à toutes les possibilités qui s'offraient à lui. Sautant les marches quatre à quatre, il répétait ces mots : *c'est pas possible, si c'est ça, j'en reviens pas…*

*

De retour chez lui, assis sur son canapé, le journal du jour entre les mains, Esteban voulut lire la moindre ligne des nouvelles de ce samedi 19 mars 2005. En première page, les sondages donnaient le « non » vainqueur au référendum sur la constitution européenne du 29 mai, l'envolée des prix du pétrole s'annonçait pire que prévue, la directive Bolkstein était contestée par des manifestations… Chaque article ramenait Esteban un an et demi en arrière et donnait de plus en plus de crédibilité à cette aventure. Comment ne pas perdre les pédales dans une situation aussi burlesque, comment garder son calme et agir de manière saine ? Bien sûr, qui n'avait jamais imaginé un voyage dans le temps pour changer un moment important de son existence ? Mais la réalité d'un tel phénomène était bien trop lourde. Les conséquences de chaque geste pouvaient engendrer des réactions en chaîne. Il devait maintenant digérer cette nouvelle. Il poussa un grand soupir et resta immobile un long moment, affalé sur les coussins moelleux du canapé. Bettina lui avait offert une deuxième chance, c'était vrai, et il devait s'organiser et se concentrer, car il disposait d'un pouvoir incroyable. Celui de connaître l'avenir des dix-huit prochains mois. Bien sûr, il y avait une multitude d'actions à mener, mais les paroles de Bettina lui revinrent alors en tête. *Par tous les moyens, tu empêches Sarah d'enquêter sur mes fils et tu la sauves par la même occasion.* L'intérêt premier de ce retour en arrière était évidement de sauver Sarah. Mais en renvoyant Esteban suffisamment loin dans le temps, la gitane lui avait donné une chance supplémentaire. Une possibilité qui avait alimenté bien des fois ses rêves les plus fous lors de longues nuits d'insomnies, celle de rencontrer Sarah avant Clément.

Lundi 21 mars 2005

9 h 15

Toujours impressionné par son nouveau pouvoir, Esteban avait réfléchi longuement à une stratégie et il avait fini par trouver une ligne directrice. En partant du postulat que sa vie allait repartir à cet endroit de l'espace-temps, il se devait de vivre « normalement » autant que faire se peut. Il devait tout d'abord gagner sa vie, c'est pour cela qu'il s'était rendu à son travail ce matin-là. Il scrutait les regards de ses collègues à la recherche d'un indice les trahissant d'une énorme supercherie organisée par une production télévisée du type caméra cachée. Les reality-shows étaient très à la mode. Il pouvait tout à fait exister une émission d'envergure dans laquelle il se serait laissé piéger. Rien, tout lui semblait normal, Esteban avait dû se replonger dans ses vieux dossiers. L'avantage était qu'il les connaissait bien et les finaliser allait lui prendre beaucoup moins de temps. Son patron serait content de lui. De plus, le temps économisé lui permettrait de retrouver la trace de Sarah pour essayer de la séduire. Ce point précis du plan était le plus vague. Autant, il était sûr de pouvoir retrouver la femme qu'il convoitait, autant il n'avait aucune idée de la manière avec laquelle il allait l'aborder. Il aurait bien eu besoin de son ami Valentin. Il se souvenait exactement de sa rencontre avec lui. *Ce sera*, parler au futur lui faisait tout bizarre, *le 4 avril au concert de Malia, la chanteuse de Blues, aux Trinitaires à Metz, il ne faut pas louper ça.* Il venait de noter cette date sur son agenda et lui vint alors l'idée d'écrire tout ce qui pouvait lui servir, mais aussi tout ce qu'il ressentait. Il fallait absolument garder des traces de cette incroyable période de sa vie. Esteban avait donc prévu tout d'abord de localiser Sarah puis de voir selon les circonstances comment il pourrait tenter sa chance. Ensuite, il ne manquerait pas de croiser le chemin de Valentin, qui était le mieux placé pour créer un lien avec Sarah. Il tenterait de provoquer une invitation pour anticiper le fameux repas de mai durant lequel il l'avait rencontrée pour la première fois, malheureusement accompagnée de Clément. Cela semblait possible mais le temps manquerait. La date clé était le samedi 16 avril. Sarah avait plusieurs fois raconté à ses amis le déroulement de sa rencontre avec Clément ce jour-là. Le destin leur avait donné un sacré coup de pouce, une rencontre inopinée à midi dans un restaurant de la ville, des échanges de regards et de sourires qui en disent long, qui nouent le ventre au point de ne presque pas toucher à son assiette. Elle, et sa collègue, s'échangent des messes basses à son propos, qu'elle lui avouera plus tard : « Il est mignon ; je crois qu'il t'a remarquée ; il faudrait que tu ailles lui parler ; je n'oserai pas, impossible… ». Lui, ne décroche pas son regard du sien, si captivant, il se dit : « Incroyable, qu'est-ce qu'elle est belle ; je vais aller la voir ; on fête l'anniversaire de ma mère c'est pas le moment, évidemment... ». Il se quittèrent sur un long sourire franc, évocateur de ce qui aurait pu advenir. Mais voilà, leur chemin était tracé, ils devaient se rencontrer. Le soir même, ils se retrouvèrent assis l'un à côté de l'autre dans les gradins du SLUC Nancy Basket pour supporter leur ville face aux Strasbourgeois en finale du championnat de France. Clément, fidèle supporter, avait ses places réservées depuis longtemps. Quant à Sarah, elle avait profité de places gagnées par une amie lors d'un jeu radiophonique. Chacun d'entre eux n'en était pas revenu d'un tel hasard et du coup, l'engagement de la discussion s'était fait tout naturellement. Le samedi soir suivant, Clément embrassait la belle sur un banc de la place Carrière. Esteban savait que s'il ne séduisait pas Sarah avant ce samedi 16, ses chances de voir son rêve se réaliser s'amminciraient fortement. Il ressentit la pression qu'il venait de s'imposer. La supporterait-il ? Que deviendrait-il s'il échouait ? La dépression qui l'avait anéanti avait laissé des traces indélébiles. Revivre de telles douleurs le détruirait définitivement, il en était persuadé. Un frisson lui parcourut le corps de haut en bas. Il réalisait pleinement à quel point il détenait son avenir entre ses mains. Cela le terrifiait.

*

Boulevard Lobau, au commissariat de police, une note officielle venant de très haut, avait atterri dans les mains du lieutenant Flaubert. Elle avait pour ordre d'organiser une équipe afin de mener une enquête sur des braquages de bijouteries. Trois actes déjà avaient été commis en moins d'un mois. Le mode d'attaque identique avait attiré l'attention des forces de l'ordre. Le procureur saisi de l'affaire souhaitait une issue rapide. Il avait besoin d'un joli coup de filet pour améliorer les statistiques de sa circonscription. Les agents dépêchés sur les premières effractions n'avaient que constaté les dégâts sans pouvoir identifier la moindre piste exploitable. L'inspecteur Flaubert était la personne à qui confier une enquête de cette envergure. Sa rigueur et ses résultats lui avaient assuré une excellente réputation.

22 h 30

Extrait du journal d'Esteban :
Ma vie est sensationnelle. Je ne réalise pas encore tout à fait ce qui m'attend, mais je sais une chose : cette chance-là, je ne la lâcherai pas, ne la laisserai pas filer entre mes doigts. Tout ce qui est en mon pouvoir, je le dédierai à ma seule et unique cause : gagner le cœur de ma belle. J'ai tellement hâte de la revoir. Si ce moment existe quelque part dans mon avenir, je sais qu'il sera l'un des plus intenses de toute mon existence. Retrouver une personne, qui plus

est une personne que l'on aime profondément, quelques mois après avoir appris sa mort, doit être absolument merveilleux et indescriptible.

J'aimerais tant partager ma vie actuelle avec un ami. Pouvoir lui dire toute la vérité. Je ressens à nouveau l'emprisonnement dans lequel je m'étais égaré avant, en cachant mon amour pour Sarah à tous mes proches. Mais mon avenir sera plus radieux que celui qui m'était promis, je le sens. Ce retour dans le passé ne peut être vain.

Samedi 26 mars 2005

10 h 00

Glissé dans sa peau de détective privé du futur, Esteban s'était relativement vite habitué à son statut particulier et parvenait à vivre sans s'y référer constamment. Il s'en servait comme atout quand il en avait besoin mais n'en abusait pas. Toute son énergie se focalisait sur sa cible première. Il avait facilement retrouvé l'adresse de Sarah, adresse au centre ville de Nancy qu'il avait connue au tout début de leur relation amicale avant qu'elle ne s'installe avec Clément à Ludres. Il s'était donc rendu plusieurs fois rue du manège. Il y avait déjà planqué tous les soirs de la semaine. Dans sa voiture peu discrète, il apprit le métier d'enquêteur, découvrant par là même ses côtés les plus pénibles. Il avait espéré revoir sa princesse, mais ce fut vain. Il eut alors un doute terrible. Sarah était-elle vraiment en vie ? Il avait aussi deviné des tas de raisons qui auraient expliqué cet échec. La première était évidemment le travail. Sarah devait être, elle aussi, en planque. Il n'était probablement pas venu aux bonnes heures et avait joué de malchance. Déjà sept jours avaient filé. Esteban avait dû procéder autrement. Une heure plus tôt, il avait simplement appelé le commissariat et demandé à parler au lieutenant Sarah Flaubert. Evidemment, il aurait raccroché avant d'être mis en relation. Mais sans en espérer autant, la jeune fille de la réception lui indiqua qu'elle n'était pas d'astreinte ce week-end et qu'elle devait être chez elle. Le filon de cette matinée-là devait donc s'avérer plus fructueux que les derniers. Esteban s'était garé à quelques mètres de l'entrée de l'immeuble. Instinctivement, il se tassa pour ne pas se faire repérer, mais il se reprit, se rappelant qu'elle ne le connaissait pas encore. Pour patienter sans se triturer l'esprit de mille questions, il écoutait de la musique. Il se détendait en chantant.

Wild horses couldn't drag me away (Les chevaux sauvages ne peuvent pas m'éloigner)
Wild horses couldn't drag me away.

I know I dreamed you a sin and a lie (Je sais que je t'ai rêvé un pêché et un mensonge)
I have my freedom but I don't have much time (J'ai ma liberté mais je n'ai plus de temps)
Faith has been broken, tears have been cried (La foi a été brisée, les larmes ont coulées)
Let's do some living before we die (Vivons pleinement avant que nous mourions)

Wild horses couldn't drag me away (Les chevaux sauvages ne peuvent pas m'éloigner)
Wild horses couldn't drag me away... [11]

---

[11] « Wild horses » de Mick Jagger, repris par Alicia Keys et Adam Levine dans l'album Unplugged

Si Mick Jagger semblait avoir réécrit la version initiale pour évoquer la fin de sa relation avec l'actrice Marianne Faithfull, Esteban voyait dans ce message, un retour auprès de Sarah, malgré ses propres « chevaux sauvages » : les évènements dramatiques de son ancienne vie. Il s'imaginait ainsi être Jonathan, héro du roman de Marc Levy, *La prochaine fois*, lié à Clara par un amour dépassant la mort et les siècles.

Enfin, au dernier refrain, comme pour ponctuer cette ode mélodieuse, Sarah apparut sur le trottoir. Esteban sursauta et sortit soudainement de ses rêvasseries. Par quel miracle cela était-il possible ? Il n'en savait rien mais Sarah était belle et bien vivante. Il la voyait de ses propres yeux. Passé le moment de l'étonnement, il sentit monter en lui un frissonnement qui lui rappela sa première rencontre avec elle. Il en tremblait, sentait son ventre se nouer et des milliards de fourmis monter le long de ses jambes. Alors qu'elle entamait quelques pas, Esteban l'admira encore. Quelle beauté et quel charme incroyables ! Ce jour-là, elle portait un jean bleu foncé, légèrement moulant, de petites chaussures noires, ouvertes, à petits talons et un pull-over rouge vif parfaitement ajusté. Sa démarche était toujours aussi sûre et harmonieuse. L'amour qu'il lui vouait n'avait pas dépéri. La revoir après ces longs mois de déprime et de solitude redonna un coup de fouet à ses sentiments. Il garderait cette image en mémoire toute sa vie, il en était certain. En passant à la hauteur de l'Austin Mini, elle ne le vit pas, mais Esteban ne perdit pas une miette du spectacle qui s'offrait à lui. A la fois excité et heureux, une bouffée de chaleur l'envahit alors qu'il décida de la suivre. Il n'avait aucune idée de ce qu'il pourrait bien faire pour l'aborder, il aviserait en fonction des opportunités.

11 h 55

Presque deux heures durant, Esteban avait suivi Sarah dans le moindre de ses déplacements. Il se sentait mal à l'aise, ne sachant pas comment se comporter. Il allait de trottoir en pas de porte, observant sa belle avec insistance. Elle aurait pu probablement sentir la chaleur de son regard posé sur son corps tout entier. Si un passant avait observé attentivement l'attitude intrigante d'Esteban, celui-ci aurait sans doute contacté la police pour signaler un éventuel délinquant sexuel à la recherche d'une nouvelle victime. Sarah s'adonnait à son loisir favori : le shopping. Seule, elle semblait détendue, essayait des vêtements qui lui allaient tous comme un gant. Esteban commençait à avoir mal au ventre à cause du stress qui le tiraillait. Il imagina qu'il pouvait tenter un « coup ». Aller vers elle et sans détours, lui dire qu'il aimerait lui offrir un verre. En s'imaginant dans cette situation, il frissonna déjà d'un trac terrible. Alors que Sarah regardait tranquillement une jolie veste vert kaki, il se lança. Le moment paraissait bien choisi pour tenter sa chance et puis un échec cette fois-ci ne serait pas irréversible, il aurait sûrement d'autres occasions. Ayant décidé d'agir, Esteban avança d'un pas incertain vers Sarah, toujours concentrée sur son futur achat. Elle ne le vit pas approcher. A peine trois mètres le séparaient d'elle maintenant, son cœur allait exploser, ses mains devinrent si moites que des gouttes en tombaient presque, il avait déjà rougi avant même de lui adresser la parole, il n'était pas au mieux mais il avait pris sa décision. Deux mètres…un mètre, il prit une respiration qui fut coupée nette quand il entendit le téléphone de Sarah sonner. Il changea brutalement de direction. Leurs regards se croisèrent une fraction de seconde. Sarah avait senti que ce jeune homme voulait lui parler avant que son attention ne soit dirigée vers son sac à main qui jouait un air de salsa. En décrochant, elle regarda Esteban s'éloigner se demandant si elle le connaissait.

Raté, Esteban sortit du magasin sans se retourner. Une bouffée de chaleur lui fit tourner la tête.

Au téléphone, Lisa, la collègue et néanmoins amie de Sarah lui demanda si elle voulait venir avec elle voir la finale du championnat de Basket le samedi 16 avril. Elle venait de gagner des places sur France Bleue Lorraine. Bien qu'elle ne connaisse pas vraiment ce sport, Sarah accepta avec plaisir, ce serait une sortie originale.

Lundi 28 mars 2005

12 h 24

Esteban frappait de toutes ses forces sur le volant de sa pauvre voiture qui subissait les conséquences du nouveau contretemps de son propriétaire. Bloqué derrière un camion de déménagement, il venait de perdre la trace de Sarah. Il ne la retrouverait pas de la journée.

Mardi 29 mars 2005

18 h 56

Figé devant la porte d'entrée rouge de l'immeuble de sa princesse, Esteban rageait de ne pas avoir osé lui parler. Il avait pourtant eu une occasion franche quelques minutes plus tôt alors que le sac de course de Sarah avait craqué, laissant tomber sur le trottoir confiture, légumes et autres vivres. Son hésitation de quelques secondes avant d'aller l'aider à tout ramasser, lui avait valu d'être doublé par un autre gentleman qu'elle avait remercié d'un sourire charmeur. Il avait, de surcroît, espéré que son chien qui l'accompagnait ce jour en balade, aurait pu créer un lien facile et efficace avec elle. Esteban venait de laisser échapper sa plus belle occasion.

Mercredi 30 mars 2005

23 h 22

Extrait du journal d'Esteban :

Après l'immense joie d'avoir vu Sarah, en vie, en chair et en os, après l'avoir admirée, après avoir subi le défoulement chimique de mon être tout entier et être revenu sur mon île de l'amour infini que je lui porte, une première désillusion est venue entraver ma quête du bonheur. Suis-je voué à l'échec, à la défaite, ne suis-je pas un homme fait pour elle ? Mon cœur me certifie que oui, les éléments me font douter. La vie est-elle tracée à ce point qu'il n'y a jamais rien à faire ? Suis-je destiné à porter mon amour à sens unique comme une croix qui alourdira mon avenir jusqu'à la mort ? Ai-je mérité cela, n'y a-t-il pas d'amour heureux pour moi ?

Aujourd'hui j'ai peur, car je ne croise plus son regard et je ne suis qu'un étranger à ses yeux. Une terrible angoisse m'enveloppe. Cette expérience unique qu'il y a quelques temps j'aurais désirée plus que tout, est en train de perdre tout son charme, car je n'existe plus pour elle et pourtant je la désire et je la connais si bien. Je sais ses sourires et ses larmes, elle est mon amie. Du moins devrais-je dire, elle était mon amie.

En refermant son calepin, Esteban repensa à ce qu'il venait d'écrire. « Il n'y a pas d'amour heureux ». Cela lui rappela le poème du même titre de Louis Aragon, dont Georges Brassens avait fait une chanson poignante.

Rien n'est jamais acquis à l'homme ni sa force,
Ni ses faiblesses, ni son cœur et quand il croît,
Ouvrir ses bras son ombre est celle d'une croix,
Et quand il veut serrer son bonheur il le broie,
Sa vie est un étrange et douloureux divorce,
Il n'y a pas d'amour heureux.

Sa vie elle ressemble à ses soldats sans armes
Qu'on avait habillés pour un autre destin,
A quoi peut leur servir de se lever matin,
Eux qu'on retrouve au soir désarmés, incertains,
Dites ces mots ma vie et retenez nos larmes,
Il n'y a pas d'amour heureux.

Mon bel amour, mon cher amour, ma déchirure,
Je te porte dans moi comme un oiseau blessé,
Et ceux là sans savoir nous regardent passer,
Répétant après moi ces mots que j'ai tressés,
Et qui pour tes grands yeux tout aussitôt moururent
Il n'y a pas d'amour heureux.

Le temps d'apprendre à vivre il est déjà trop tard,
Que pleurent dans la nuit nos cœurs à l'unisson,
Ce qu'il faut de regrets pour payer nos frissons,
Ce qu'il faut de malheur pour la moindre chanson,

Ce qu'il faut de sanglots pour un air de guitare,
Il n'y a pas d'amour heureux.[12]

Esteban appréciait réellement la chanson, mais, un sursaut d'amour propre le guida sur les rails du chemin vers le bonheur. Il n'était pas question qu'il se laisse aller à tant de mélancolie et de tristesse alors qu'il disposait de toutes ses chances et surtout d'une bonne longueur d'avance sur l'avenir. Elle était célibataire et il devait en profiter. Les jeux n'étaient pas encore faits.

---

[12] « Il n'y a pas d'amour heureux » de Georges Brassens, repris par Danielle Darieux dans le film 8 femmes

Samedi 4 avril 2005

20 h 37

Plus que jamais, Esteban jouait son nouvel avenir avec Sarah ce soir-là. Il n'avait plus essayé de la draguer de manière directe et peut-être trop brutale. Il misait dorénavant tout sur sa rencontre avec Valentin qui devait avoir lieu dans les instants qui suivaient. Il revivait cette soirée qui avait été excellente la première fois, un an et demi auparavant et chaque détail lui revenait en mémoire, un peu comme cette impression que l'on peut avoir d'avoir déjà vécu certains instants particuliers. Dans son cas, la précision des souvenirs lui procurait des sensations nouvelles assez extraordinaires et difficilement descriptibles. Comme prévu, Thomas, son cousin messin, l'avait rejoint deux heures avant le concert place Saint Louis. Ils avaient commencé l'apéro dans un bar, puis grignoté un sandwich avant de se rendre au caveau des Trinitaires, salle de spectacle très chaleureuse, parfaite pour des concerts jazzy comme celui de Malia, cette chanteuse black à la voix très sensuelle. L'endroit où ils se trouvaient était le même, un peu à droite de la scène. Esteban s'efforçait de ne pas perturber le bon déroulement des évènements pour que la fameuse rencontre se produise. La peur de manquer sa destinée lui tiraillait l'estomac. Il s'imaginait que tout le stress qu'il vivait ces derniers jours, lié à la réussite de son avenir, lui procurerait sans doute un bel ulcère. Il se laissa guider par Thomas. C'était lui qui avait suggéré un détour par la buvette. Lui qui connaissait Valentin pour l'avoir côtoyé pendant son service militaire.

Le concert commença sous les tonnerres d'applaudissements d'un public assurément conquis. Esteban regardait partout à la recherche du visage de Valentin.

— Tu cherches quelqu'un ? interrogea Thomas.

— Non, non, personne.

— T'as pas l'air dans ton assiette, on va se chercher un verre ?

— Non, pas maintenant, Esteban fut sec dans sa réponse.

Il savait que ce n'était pas au début du concert qu'il devait rencontrer Valentin. Il dissimulait à peine son angoisse.

— Calme-toi, t'es énervé, ça ne va pas ?

— Excuse-moi, j'ai eu une journée difficile, mais ça va.

21 h 46

— On va le boire ce verre, proposa Thomas entre deux chansons.

— Ok, Esteban soupira un grand coup.

Alors qu'ils avançaient vers le bar depuis lequel ils pouvaient continuer à profiter du spectacle, Esteban observait les visages. Soudain, terrifié, il pensa au coup de fil qu'il avait passé à Valentin juste après son retour dans le passé. Il s'était présenté, avait dit son prénom et Valentin avait dû le prendre pour un fou. Se souviendrait-il de cette discussion et ferait-il le rapprochement avec lui ? Tant pis, il nierait, cela pouvait être une coïncidence, même si son prénom n'était pas des plus courants. Valentin était pratiquement l'unique chance pour Esteban d'entrer en contact avec Sarah, donc il n'avait de toutes façons pas le choix. Il fallait aller de l'avant et tâcher d'être à l'aise pour que le courant passe tout de suite entre eux comme la première fois.

— Deux bières s'il vous plaît, demanda Esteban à la serveuse.

— Et votre numéro de téléphone, chuchota Thomas à son cousin. Ouah, jolie la p'tite. Vraiment trop belle…

— … Trop belle pour toi, ça c'est sûr ! interrompit Valentin qui se trouvait juste derrière eux.

— Valentin ! Qu'est-ce que tu fais là, ça fait plaisir de te voir ! dit Thomas surpris.

— Moi aussi.

Esteban se retourna et laissa les deux amis s'embrasser. Quelle étrange situation. Pour ce garçon qu'il connaissait si bien, Esteban était l'inconnu lambda. Il le regarda heureux de pouvoir faire à nouveau sa connaissance, à la fois pour l'ami sincère qu'il devait devenir et bien évidemment pour la rencontre que cette amitié engendrerait.

— Valentin, je te présente Esteban, mon cousin.

— Salut Esteban, ton prénom me dit quelque chose, on se connaît ?

— Non, je ne crois pas répondit-il le regard fuyant.

Valentin dévisagea Esteban quelques instants, avant de poursuivre.

— Alors, Thomas. Elle t'intéresse cette fille ?

— Plutôt oui, t'as vu la beauté et le charme qu'elle dégage ? Tu la connais, te me présentes ?

— Je ne la connais malheureusement pas mais on peut tenter notre chance.

— Raconte, ça fait vraiment un bail qu'on ne s'est pas vu, t'es célibataire apparemment, tu as l'air seul et en chasse.

— Et bien non figure-toi, je suis venu avec une bande de potes. Ma femme n'est pas là, mais tu la connais.

— C'est toujours, comment déjà ? Julie, ton amie d'enfance ? Et vous êtes mariés maintenant ?

— Eh oui, depuis presque un an et il me semble que c'est pour la vie.

— Des enfants ?

Esteban trouva le moyen de s'introduire dans la discussion, bien qu'il connaisse évidemment la réponse.

— On essaye, on verra quand ça viendra.

— Allez, on prend les paris. Je dis que dans un mois elle est enceinte.

Esteban utilisait sa connaissance du futur pour se rapprocher de Valentin.

— T'es devin, tu ne les connais pas, tu m'as l'air sûr de toi, fit Thomas

— Quelqu'un m'a dit une fois : « dans le doute, il faut être précis », alors j'applique à la lettre.

— Il me plaît ton cousin, il est optimiste. Allez, si dans un mois, elle est enceinte, je t'invite à prendre le champagne à la maison.

— C'est noté.

Esteban venait de gagner un verre de champagne, c'était un bon début. Il commençait à se sentir plus à l'aise dans son opération de séduction envers Valentin qui devait devenir son meilleur ami. Il continua sur sa lancée.

— En attendant, voici nos bières. Mademoiselle, vous oubliez mon ami Valentin, une troisième bière, s'il vous plaît.

— Et c'est tout ? Tu oublies encore de demander son téléphone. Mademoiselle, vous nous rajouterez votre numéro de téléphone, c'est moi qui paye. Merci.

Valentin ponctua sa phrase d'un large sourire et d'un regard insistant qui en avait déjà fait craquer plus d'une. La serveuse ne put s'empêcher de sourire.

— T'es plutôt du genre charmeur toi, et t'as l'air d'avoir du succès. Beau gosse ! ajouta Esteban.

— Merci, c'est vrai mais quand tu verras ma petite femme, tu comprendras qu'aucune autre fille ne puisse m'attirer autant, pas vrai Thomas ?

— Ecoute, si depuis tout ce temps, elle n'a pas pris vingt-cinq kilos, je dois bien avouer qu'elle est pas mal. Mais tu me pardonneras si je me souviens plus d'une de vos copines que j'avais croisée une fois avec vous en soirée. Si je ne me souviens plus de son prénom, je me rappelle du reste, crois-moi.

— Tu dois parler de Sarah, la meilleure amie de Julie. C'est vrai qu'elle est jolie aussi.

— En fait, toutes les jolies filles sont auprès de toi si je comprends bien, dit Esteban tout tremblant, n'en revenant pas que son cousin l'ait mis directement sur la bonne piste.

La chance était-elle enfin de son côté ? Il entrait dans le vif du sujet, il devait être efficace.

— Et tu comptes les garder, ou y a-t-il des chances pour que je rencontre cette fameuse Sarah ? Je suis célibataire moi et les jolies filles seules ne courent pas les rues, tu sais ! Peut-être n'est-elle pas seule ?

Esteban avait posé la question pour garder ce sujet sur le feu.

— Si, justement, elle est seule depuis quelques temps. Son dernier petit ami n'était pas à la hauteur, elle a dû s'en séparer et a juré qu'elle serait plus exigeante, donc t'as intérêt à assurer parce que tu t'attaques à un sacré numéro. Maintenant, je dois bien avouer que tu as le physique, tu es plutôt pas mal et elle aime les grands bruns bien foutus comme toi. Je te la présenterai à l'occasion.

— Et moi, tu ne me présentes pas, sympa ! Après tout ce qu'on a vécu ensemble à l'armée, je croyais qu'on était une équipe et qu'on ne se laisserait pas tomber.

— Désolé, mais la dernière fois qu'on s'est vu, elle était casée et sans vouloir te décevoir, bien que tu sois, toi aussi, beau garçon, tu n'es pas vraiment son genre.

— Qui ne tente rien, n'as rien…, non ? insista Thomas.

— T'as raison, on s'organisera une soirée avec ma femme et elle un de ses quatre.

— Alors trinquons à cette femme parfaite, dit Esteban pour insister.

Il souhaitait évidemment parler encore et encore de Sarah et si possible organiser dès que possible la suite de son plan.

0 h 34

Confortablement installés sur les canapés rouges du bar « Lounge », rue Serpenoise au centre ville de Metz, les trois compères s'échangeaient leurs impressions à propos du concert autour d'une nouvelle tournée de bière. Esteban passait un bon moment. Pour la première fois depuis le début de son aventure, il avait réussi pendant quelques instants à profiter de la soirée sincèrement, sans planifier le moindre geste, ni la moindre parole.

— Trinquons encore, les copains, lança Thomas.

— Je suis content de t'avoir revu ce soir, Thomas, dit Valentin, légèrement aidé par l'alcool qui le rendait généralement particulièrement tendre et affectueux. Il ne faut plus attendre des mois pour se revoir la prochaine fois, ok ! Quant à toi Esteban, j'ai tout de suite su que t'étais un gars bien, je crois qu'on va bien s'entendre tous les deux.

— C'est réciproque mon pote, répondit Esteban. Bon, quand est-ce-qu'on se rencarde pour une autre soirée ? Et n'oublie pas que tu dois me présenter ta copine, comment déjà…

Esteban, malgré son taux d'alcoolémie quelque peu au-dessus des normes, avait repris son raisonnement. Il voulait relancer le sujet « Sarah » et il espérait qu'en faisant semblant d'oublier son prénom, cela permettrait d'impliquer Valentin dans la discussion. Cela ne manqua pas.

— Sarah. Elle s'appelle Sarah, reprit Valentin. Si tu oublies déjà son prénom, ça ne va pas.

— Si elle est aussi belle que vous le prétendez, et si j'ai la chance de la rencontrer, je ne l'oublierai probablement plus. Alors que fait-on ?

— Ecoute, j'en parle à Julie, et je t'appelle pour qu'on s'organise. Thomas, tu seras des nôtres ?

— J'espère bien, même si d'après toi je n'ai aucune chance, n'étant pas le genre de la demoiselle. Mais bon, au moins, je passerai une bonne soirée en votre compagnie. Par contre, je pars en Chine dans un mois et demi pour le boulot et je devrais y rester au minimum trois mois, donc cela risque de compromettre ma présence.

Esteban n'espérait pas ce nouveau coup de pouce de son cousin qui lui permettait d'accélérer les choses. Il sortit son agenda.

— Alors, fixons une date et on se confirmera le tout par téléphone dans les jours qui viennent, on sera sûr de ne pas se manquer. Et puis, si après tu dois partir et me laisser sans concurrence, alors qu'il en soit ainsi !

— Salaud de cousin, la solidarité familiale, ça n'existe pas pour toi !

— Mon bonheur ne compte-t-il pas pour toi, cher cousin, toi qui vas être adulé par un demi milliard de chinoises. Tu sais combien les européens sont appréciés en Asie.

— C'est ça, rattrape-toi comme tu peux, on règlera nos comptes, ponctua Thomas tout sourire.

— Alors, c'est parti, à vos agendas messieurs. Bon, en semaine c'est difficile, avec nos boulots respectifs, précisa Valentin.

— Pourquoi pas vendredi soir prochain ? proposa Esteban.

— Non, je ne peux pas, j'ai promis à Julie de passer une soirée en amoureux avec elle. On se fait un resto ciné tranquillement.

— Alors le samedi soir ?

— Là, c'est moi qui ne suis pas disponible. J'ai un tournoi de tennis dans les Vosges tout le week-end.

— Tu joues au tennis toi, c'est nouveau ?

Esteban était tendu, il devait arriver à ses fins sans paraître trop insistant. Les autres ne le comprendraient pas.

— Et le week-end suivant, je vais être pris aussi. On le passe dans le Jura avec la famille de Julie. C'est une tradition annuelle pour l'anniversaire de sa grand-mère.

Valentin venait de détruire tous les espoirs d'Esteban en quelques mots.

Le week-end dont Valentin parlait était aussi celui de la première rencontre entre Sarah et Clément, le 16 avril. Il devait impérativement être présenté avant. Esteban insista donc encore.

— Et le week-end du 23, c'est moi qui ne peux pas, mentit-il. Si on continue, on n'y arrivera pas et Thomas sera parti. Pourquoi ne se ferait-on pas un petit repas en semaine, sans forcément faire la fête jusqu'au bout de la nuit ?

— Oui, c'est faisable, répondit Valentin.

— Notons alors mercredi prochain, le 8.

— Ça marche, confirma Thomas.

— Je vois avec les filles et je vous rappelle.

Plus tard dans la nuit, Esteban rêva de sa belle. De ce rêve qui l'avait accompagné si souvent. Son réveil serait doux et plein d'espoir. Pour un temps seulement, malheureusement.

Lundi 6 avril 2005

23 h 30

Toutes sirènes hurlantes, la brigade anti-criminalité, avec à sa tête Sarah, fonçait vers la périphérie nord-ouest de la ville. Une bijouterie venait tout juste de se faire braquer et en quelques minutes les voyous s'étaient enfuis. Sarah savait qu'il serait probablement trop tard pour les attraper, mais elle comptait sur la chance et espérait croiser le véhicule en fuite, une Seat Ibiza rouge d'après un témoignage, ou recevoir un appel d'une patrouille l'ayant repérée. Rien de tout cela n'arriverait. Les voleurs s'étaient à nouveau volatilisés. Sarah, sur les lieux du vol, organisait son équipe afin de sécuriser la zone. Elle ne voulait pas qu'un indice soit perdu ou détruit malencontreusement, en attendant la police scientifique qui devait passer le tout au peigne fin. Tôt ou tard, les malfaiteurs laisseraient une trace permettant de remonter jusqu'à eux, elle le savait, mais craignait que cela prenne beaucoup de temps. Une semaine d'investigations difficiles s'annonçait.

*

Esteban, pourtant épuisé, ne dormait pas et il savait que ses yeux resteraient grands ouverts encore un moment. Il sentait son cerveau bouillir et cogner contre ses tempes et son front, lui donnant l'impression qu'il allait sortir d'un moment à l'autre tant il pensait, réfléchissait, calculait. Il n'avait eu aucune nouvelle de son nouvel ami Valentin concernant la soirée de mercredi. Il attendait pourtant ce coup de fil impatiemment. Il avait espéré le recevoir la veille mais son mobile était resté silencieux toute la journée. Cette attente l'inquiétait. Après l'excitation qui avait suivi sa rencontre du samedi, imaginant le plus beau, il était retombé bien bas. La boule au ventre qui le blessait ne s'estompait pas et il commençait réellement à se sentir mal, physiquement. Les hauts et les bas qu'il vivait le remuaient, il en tremblait, n'avait plus le contrôle de sa personne. Il sentait la situation lui échapper.

Extrait du journal d'Esteban :
Je me sens si mal à l'aise, je ne parviens pas à positiver, à profiter à cent pour cent de cette chance qui m'est donnée. J'ai peur de l'échec. Peur de ne pas conquérir le cœur de Sarah. Mais si elle meurt encore dans cette nouvelle vie ? Oh mon Dieu, j'en serais l'unique responsable. Quel fardeau ! Je ne me sens pas l'étoffe d'un héros. Que vais-je devenir ? Comment trouver de l'aide ? Si seulement je pouvais tout expliquer à quelqu'un. On me prendrait pour un fou, évidemment et je finirais enfermé, je laisserais

*tout m'échapper. Courage, il me faut du courage,
mon Dieu donnez-moi ce courage.*

Esteban, priait. Il se sentait si seul. Il puisait ses
forces dans une spiritualité un peu forcée au début,
mais sincère, de plus en plus.

11 h 45

— Allô, salut Esteban, c'est Valentin. Je ne te
dérange pas ?
— Salut. Non pas du tout, j'essaie de travailler un
peu mais je ne suis pas très motivé. Esteban
n'avait effectivement pas le cœur à l'ouvrage.
Il attendait cet appel avec tant d'empressement qu'il
tremblait et devait se cacher de ses collègues pour ne
pas attirer l'attention. Qu'allait lui dire Valentin ? Un
« c'est bon pour demain soir » le délivrerait de ses
démons et lui redonnerait courage. Un « c'est pas
possible », l'enfoncerait encore un peu plus. A
certains moments, l'avenir ne tenait qu'à deux ou
trois mots. En l'espace d'une poignée de secondes,
c'était l'anéantissement et la tristesse ou l'espoir et la
joie. Esteban pouvait entendre le roulement de
tambour de son cœur. Son oreille attendait la réponse
de Valentin qui tomba comme une guillotine bien
aiguisée.
— Mercredi, ça ne va pas être possible pour Sarah.
Tu sais, je t'ai raconté qu'elle était lieutenant de
police. Julie l'a eue au téléphone et en ce moment,
elle est sur une enquête compliquée, elle va être
très occupée en semaine et même parfois le week-
end. J'ai eu Thomas aussi et on a convenu de
reporter ça à la fin du mois ou début mai. Il ne

part que mi-mai et avec un peu d'avance au moins, on peut tous réserver notre date. Sarah et Julie seront, elles aussi plus disponibles. Je n'ai pas raconté à Sarah que je comptais lui présenter des candidats potentiels à sa conquête pour ne pas faire trop officiel. Je préfère dire au dernier moment que j'ai deux amis qui sont là et que j'aimerais qu'ils se joignent à nous. Ça te va ?

Un long silence suivit. Si Valentin avait pu voir à cet instant le visage décomposé d'Esteban et les larmes lui monter aux yeux nerveusement, il aurait pris peur.

— Esteban ? Tu m'entends ?

— Heu… oui, oui, excuse-moi, Esteban tentait de clarifier sa voix pour ne pas se trahir. Bon… ben, ce n'est pas grave, on fait comme tu as dit.

— Tu as l'air bien déçu !

— Non, excuse-moi, c'est que j'ai un peu la tête ailleurs en même temps. Mais c'est bon, on fait comme tu as dit, on s'appelle bientôt.

Valentin très sensible, percevait le malaise.

— Ça ne nous empêche pas d'aller boire une « bière des copains » prochainement, tu sais. Entre hommes, c'est sympa aussi.

Esteban devait couper court à la discussion car il vacillait et perdait ses moyens. Il craignait que Valentin insiste.

— Ecoute, je suis désolé, mais j'ai un truc un peu urgent qui vient de me tomber dessus pour le boulot. Si tu veux, on se rappelle plus tard.

— D'accord, à…

Esteban avait déjà raccroché.

Samedi 16 avril 2005

11 h 59

Les dix jours précédents, Esteban avait cru revivre les moments de dépression intense qui avaient suivi l'annonce du départ de Sarah et Clément pour la Polynésie. Il craignait que la suite des évènements prenne, elle aussi, une tournure dramatique. Sarah était vivante, mais rien ne se passait comme il l'avait espéré. Sarah était vivante. C'est ce qui comptait après tout. Il était pourtant à deux doigts de pouvoir tenter sa chance. Si près de son but ultime, il y croyait toujours, ne se résignait pas.

Il n'avait pas revu Sarah depuis plus de quinze jours. Cela avait été très long. Il connaissait le restaurant de la première rencontre entre elle et Clément, rue Stanislas. A quelques mètres de celui-ci, depuis sa voiture arrêtée le long du trottoir, il observait les allées et venues, attendant de voir Sarah et Clément. Il ne savait pas encore ce qu'il allait pouvoir faire mais il aviserait. Esteban n'était pas dans son état normal. Tendu, stressé, il se rongeait frénétiquement les ongles tout en regardant partout autour de lui. Comme s'il s'attendait à voir un fantôme surgir de nulle part. Dans son rétroviseur, deux silhouettes féminines s'approchèrent. Il aurait reconnu la démarche de sa princesse à des kilomètres. C'était elle. Les larmes lui montèrent aux yeux. Que faire ? Cristallisé, il ne put esquisser le moindre mouvement. Lui parler, impossible dans son état. Elle aurait pris peur face à cette étrange rencontre et aurait fui.

Sarah et sa collègue entrèrent alors dans le restaurant. Elles semblaient s'amuser. Clément n'était, lui, toujours pas arrivé. C'était insensé pour Esteban de connaître exactement ce qui allait se produire dans ce restaurant, cette rencontre amoureuse qui allait changer leurs vies à tous les deux. Le destin prenait ici une forme très concrète, presque palpable. Esteban réalisa encore combien chaque rencontre de la vie peut changer l'existence de chacun. Il était un observateur privilégié de ces faits qui bien souvent, passaient inaperçus dans le tumulte du quotidien. Esteban s'immergea alors dans les nombreux moments qui, pour lui, avaient été importants. Evidemment la mort de son père à l'origine de son arrivée en France et donc de sa présence improbable dans cette voiture ce jour-là, les rencontres amicales et bien sûr amoureuses, etc. Tout cet enchaînement aurait pu l'amener sur des routes bien différentes à chaque instant. Maintenant, il désirait que Bettina le renvoie beaucoup plus loin en arrière, pour qu'il puisse changer plus profondément son existence. *Je ne suis jamais satisfait, je veux toujours quelque chose que je n'ai pas, cela durera-t-il longtemps ? Vais-je trouver le repos intérieur un jour ou l'autre ?* Le cerveau d'Esteban jouait aux montagnes russes avec ses émotions. Et le manège ne s'arrêterait pas de si tôt.

Soudain, à une centaine de mètres devant lui, il l'aperçut : Clément. Il ne l'avait pas revu depuis son voyage dans le temps et alors qu'auparavant il était tout de même un ami, il ressentit presque de la haine pour celui qui lui volerait Sarah quelques instants plus tard. Esteban voulait impérativement empêcher cela. Il était persuadé que s'ils se voyaient aujourd'hui, alors ils finiraient forcément par se retrouver que ce soit le soir même ou un autre jour. Le destin. Esteban voulut pour une fois prendre le sien en main et par conséquent celui de Clément et Sarah. Il allait vivre un de ces fameux moments auxquels il pensait, de ceux qui vous font prendre une autre route.

12 h 14

Clément se trouvait à moins de cent mètres de lui, un peu plus haut sur le trottoir côté gauche. Esteban, démarra sa voiture et sortit lentement de sa place de parking. Que faire ? Les deux hommes s'avançaient l'un vers l'autre comme pour un duel. Duel inégal de par sa nature. Esteban sur sa monture, attaque son ennemi à pied sans que celui-ci ne se doute de quoi que ce soit. Duel sans honneur, ni courage, sans vaillance, ni respect. Esteban roulait encore un peu plus vite. Il ne savait pas très bien ce qu'il allait faire mais il se sentait capable de beaucoup, comme transporté par la lassitude de subir les évènements. L'amour ne le portait pas, seule la rage de son inexistence le guidait. Encore un peu plus vite. Clément devait traverser pour atteindre le restaurant où il rejoindrait ses parents. Esteban lui couperait la route et inventerait un prétexte pour l'éloigner. Ce n'est pas ce qui se produisit. Clément traversa bien la route mais Esteban, dans un état second, se déporta vers lui et le petit coup de frein qui suivit ne suffit pas à épargner le pauvre Clément, qui, après avoir perforé le pare-brise de la Mini, finit sa lourde chute quelques mètres plus loin, inconscient. Il est de ces chemins qui mènent en enfer. Esteban venait d'en emprunter un, tête baissée.

12 h 20

Les secours étaient arrivés très vite sur place, ainsi que la police. A l'intérieur du restaurant juste devant lequel l'accident s'était produit, un couple de personnes, la soixantaine, venait de sortir en courant. Puis, les cris d'une mère découvrant son fils étendu au sol, étaient parvenus jusqu'à Sarah et sa collègue, leur glaçant le sang à toutes les deux. Leur instinct de policiers les avait conduites à l'extérieur. En bonne professionnelle, Sarah alla à la rencontre de ses collègues pour donner un coup de main si besoin était.

— Bonjour, je suis le lieutenant Flaubert, que s'est-il passé ?

— Bonjour lieutenant, je suis l'agent Mercier. Eh bien, un véhicule vient de renverser un jeune homme. Il s'est enfui ensuite.

— Mince. Comment va-t-il, vous savez ?

— Il a pris un sacré carton, le pauvre, mais ses constantes vitales sont bonnes, les médecins vont l'emmener à l'Hôpital central pour faire tous les examens nécessaires. Il doit souffrir de diverses fractures et contusions et il faudra qu'il passe un scanner. Vous savez, les blessures à la tête ne sont pas toujours visibles de suite.

— Vous avez commencé vos investigations ? Besoin d'aide ?

— C'est gentil, merci. Ça devrait aller. Mon collègue recueille des témoignages, il y en a plusieurs assez précis. On devrait pouvoir retrouver ce salaud assez vite. Et dès que les toubibs emmènent le blessé, je relève les indices matériels. Il y a plein de traces et de morceaux de pare-brise. Le gars a vraiment laissé une belle signature. Il ne se cachera pas longtemps. Merci lieutenant.

— Merci à vous et bon courage. Je me tiendrai informée de la suite de l'enquête. Je ne supporte pas les lâches, ça me met hors de moi.

— Demain au plus tard, il est sous les verrous, faites-moi confiance.

Sarah et sa collègue, habituées à rencontrer des situations difficiles dans leur métier, ne se sentirent pas perturbées par cet accident et purent retourner à leur repas tranquillement. Cependant, Sarah s'arrêta quelques instants puis se retourna pour apercevoir la victime, allongée sur une civière. Son regard avait été attiré, malgré elle, vers ce jeune homme. Quand elle vit son visage, elle ressentit à la fois de la peine et du désir, improbable et désarmant mélange de sentiments qu'elle ne s'autorisait pas. Elle continua alors sa route. Ce doux visage l'accompagnerait en pensée toute la journée, et plus encore.

*

Alors qu'il désirait plus que tout maîtriser son avenir, Esteban venait de subir les évènements. Il avait eu l'impression que ce n'était pas lui. L'accident, et pire, la fuite, il ne réalisait pas ce qu'il venait de faire. Pétrifié de peur, il retrouvait doucement la raison. Suffisamment pour se diriger de lui-même vers le commissariat boulevard Lobau. D'abord se rendre, de toute façon il avait bien compris qu'il serait vite retrouvé avec tous les témoins potentiels et l'état de sa voiture, et ensuite réfléchir. Et il aurait probablement du temps pour cela, derrière les barreaux. En chemin, il appela Valentin. Personne, il tomba sur le répondeur : *Salut, vous êtes bien sur la messagerie de Valentin. Laissez-moi un message, merci !*
— Salut Valentin, c'est Esteban, je sais, on ne se connaît pas beaucoup mais tu es le seul à pouvoir m'aider. J'ai fait une grosse bêtise, je vais me

rendre aux flics. J'ai besoin d'aide, besoin de parler à quelqu'un. Viens s'il te plaît, quand tu pourras.

Résigné, Esteban raccrocha. Il se sentait calme. Il avait tout gâché et préférait de toute façon se faire emprisonner. Au moins, enfermé, il ne ferait plus de bêtises. Il devait accepter son nouveau destin, puis tout oublier. Il sentait qu'il n'arriverait jamais à ses fins.

Stationné sur le parking de l'Hôtel de Police, il sortit de sa voiture et inspecta l'état de celle-ci. Une nouvelle angoisse le prit quand il vit la carrosserie enfoncée et le pare-brise cassé. Avait-il tué Clément ? *Encore un de ces instants, bref, mais si important, qui fait basculer votre existence. S'il meurt, c'est dix ans de prison, s'il s'en sort, quelques mois, peut-être.* Il n'avait pas le sentiment que tout ce qu'il vivait était vrai. Il venait du futur. Cette position particulière et invraisemblable lui donnait un certain détachement. Il avait l'impression qu'il allait se réveiller et sortir de ce rêve étrange. Mais si tel était le cas, il retrouverait sa vie et Sarah morte. Il ne le voulait pas. Tout était relatif, véritablement. Il s'avança lentement vers l'accueil et prononça des mots tout droit sortis d'un film, des mots qui n'allaient pas dans sa bouche :

— Je suis Esteban Luis, j'ai renversé un piéton rue Stanislas, je viens me rendre…

Dimanche 17 avril 2005

9 h 00

— Monsieur Luis. Parloir, la voix du policier avait sorti Esteban de ses noires réflexions.

Menottes aux poignets, il suivit le policier dans différents couloirs jusqu'à une petite salle dans laquelle Valentin attendait.

— Salut Esteban, ça va ?

Valentin avait un regard inquiet.

Esteban s'assit, toujours menotté et le policier de faction prit place dans un coin de la pièce. Il avait pensé essayer de tout expliquer à Valentin sur son aventure et de le convaincre en donnant des détails sur sa vie, en lui donnant l'identité du piéton mais dans ces conditions, il ne pourrait pas. Et puis face à son ami, il se rendit compte que ce n'était pas si simple de se dévoiler. Il lui manquait un confident, un ami sincère à qui il aurait pu se livrer en toute confiance.

— Ça va, je ne réalise pas ce que j'ai fait, ce n'est pas possible. Comment va la victime ?

— Je n'en sais rien, j'ai appris hier soir en téléphonant ici ce qui s'était passé après avoir écouté ton message. Je n'ai pas eu le temps d'en savoir plus. Mais raconte-moi.

Esteban, le regard baissé, les yeux gonflés, prit la parole.

— Eh bien, je roulais tranquillement après avoir fait un tour en ville, je me dirigeais vers Laxou dans l'intention de faire des courses au supermarché. Je remontais donc la rue Stanislas et j'étais perdu dans mes pensées. Je ne l'ai pas vu tu sais, je ne sais pas ce qui m'a pris !

— Un policier m'a dit que des témoins t'ont vu faire un écart vers le gars !

— Non. Enfin, peut-être mais ce n'était pas volontaire, je pensais qu'il s'arrêterait ou ferait demi-tour. Je ne sais pas, je ne sais plus.

Esteban tremblait.

— Ça va aller, ça peut arriver. Malheureusement, ça arrive. Tu aurais dû t'arrêter pour lui venir en aide. C'est ta fuite qui va peser lourd dans ton dossier.

— Je sais. Mais c'est pareil. Je ne me suis pas rendu compte, j'ai eu très peur. Il y a eu ce bruit, puis le pare-brise qui a littéralement explosé et puis après on ne peut plus faire marche arrière. C'était terrifiant, j'étais paumé tu sais, je n'ai eu aucune maîtrise de la situation. Maintenant, mon sort dépend de l'état du piéton. Ma vie ne tient qu'à la sienne.

Esteban réalisa que dans cette vie aussi, son avenir était très lié à Clément. Leurs chemins semblaient suivre une destinée croisée.

— Prends des nouvelles de lui s'il te plaît, dis-moi vite ce que tu apprendras. Et puis, peux-tu me rendre un autre service s'il te plaît ?

— Je t'écoute.

— Peux-tu prendre mon chien chez toi le temps que toute cette histoire se décante ? Il est adorable et facile à vivre. Je te dédommagerai bien évidemment.

— Je m'en occupe, ne t'inquiète pas. Tu sais, je suis là pour te soutenir malgré tout. Je ne te jugerai pas sur ce que tu as fait. Personne n'est à l'abri de vivre une telle mésaventure. Seulement, il faudra assumer et payer. Mais ça tu le sais. Garde espoir. A bientôt.

— Salut Valentin, merci pour ton aide. Je me sens rassuré de t'avoir comme ami. Merci.

Valentin quitta la pièce et Esteban regagna sa cellule. Il devait attendre de savoir si Clément allait s'en sortir pour être jugé. Jusque-là, il restait emprisonné matériellement et psychologiquement.

Mardi 19 avril 2005

9 h 57

Clément venait de poser les pieds au sol pour
la première fois depuis l'accident. Il avait eu
beaucoup de chance. D'après les médecins, il était
passé très près de la paralysie. Sa colonne vertébrale
avait été sauvée grâce à sa carrure. Sportif de haut
niveau, musclé, il était solide comme un roc. La petite
taille de la voiture l'avait aussi probablement épargné.
Malgré son bras plâtré porté en écharpe, il gardait un
certain équilibre et put faire quelques pas. Son dos le
faisait souffrir. Il venait d'apprendre que le procès du
chauffard aurait lieu une semaine plus tard. Il tenait
impérativement à être sur pied pour y assister. Il
imaginait déjà la confrontation, animé par la rage et
l'incompréhension. Il voulait en savoir plus sur cet
homme, sur ce lâche. Il lui avouerait les yeux dans les
yeux tout ce qu'il pensait de lui, de son attitude, il
préparerait son attaque verbale pour assaillir son
agresseur de remords et de honte. Mais Clément n'en
aurait pas la force, quand il lirait le désespoir et
l'anéantissement d'Esteban dans son regard. C'est de
la pitié qu'il éprouverait alors.

12 h 01

Au troisième étage du bureau de police, au service des accidents de la route, Sarah avançait le pas incertain. Elle ne comprenait pas pourquoi l'accident survenu le samedi précédent l'avait marquée. Sa curiosité l'avait poussée vers des limites qu'elle n'osait habituellement pas franchir. Quelque peu gênée, elle s'adressa à l'agent Mercier, chargé de l'enquête, qu'elle avait rencontré sur les lieux de l'accident.

— Bonjour, je suis Sarah Flaubert, vous vous souvenez, on s'est vu samedi…

— Oui, bonjour lieutenant, je me souviens, bien évidemment.

Ces mots prononcés le mirent mal à l'aise car il venait de se découvrir. Il rougit. Lui non plus n'avait pas résisté au charme de la belle que la réputation précédait. Sarah savait rester charmante et souriante. Elle n'était pas froide, cela la rendait plus attirante encore. Malgré tout, elle savait aussi mettre des limites aux nombreux garçons qui la courtisaient. L'agent Mercier pouvait sentir dans le regard de Sarah qu'il n'avait aucune chance. Sarah poursuivit.

— Je ne viens pas interférer dans votre enquête, n'ayez pas d'inquiétudes. Je voulais savoir si vous aviez mis la main sur le chauffard et si le jeune homme allait bien.

— Oui, en fait, le chauffard s'est rendu de lui-même quelques instants à peine après l'accident. Rongé par le remords probablement. C'est apparemment un gars sans histoire qui a perdu les pédales. Il sera jugé mardi prochain. La peine ne devrait pas être trop lourde car la victime s'en est bien sortie, finalement.

— Est-il toujours hospitalisé ?

— Oui, je crois. Il souffre, il me semble, d'une fracture du bras et d'une vertèbre. Il va s'en remettre. Mais vous le connaissez ?

— Heu, non pas vraiment, mais comme j'étais là lors de l'accident, je voulais en savoir plus par curiosité.

Sarah parvenait à peine à cacher son malaise. Elle prit ainsi conscience qu'elle ressentait un sentiment inhabituel, qu'elle n'expliquait pas.

Mardi 26 avril 2005

11 h 30

— Mesdames et messieurs, le juge. Prenez place s'il vous plaît. Un silence se fit dans la salle d'audience, chacun s'exécuta sans dire un mot.

— Dans l'affaire qui oppose monsieur Clément Decourt à monsieur Esteban Luis, la cour a délibéré et rend son jugement. Monsieur Luis, veuillez vous approcher à la barre s'il vous plaît.

Le juge avait une voix ferme mais douce. Il inspirait le respect mais non la crainte. Sans doute à cause de son allure de papie, de celui qui raconte des histoires à ses petits enfants le soir venu.

Un grand soupir accompagna Esteban lorsqu'il se leva. Lui qui était censé connaître l'avenir, se sentait bien démuni et dépassé. Il avait changé son histoire ainsi que celle de Clément et Sarah. Peut-être même celle de Valentin dans une autre mesure. Il avait toujours trouvé les films traitant du retour dans le passé un peu trop légers quant aux conséquences qu'un tel évènement pouvait induire. Il avait raison, la preuve en était, il n'avait plus aucun contrôle et le juge devant lui allait décider maintenant, pour lui, de son propre et nouvel avenir. Les deux heures qui précédèrent avaient permis de retracer les faits. Esteban avait réagi avec humilité. Suivant les conseils de Valentin et de l'avocat commis d'office, il voulait assumer sa faute et sa ligne de défense en était imprégnée. A deux reprises, il avait soutenu le regard de Clément. Le premier lui avait glacé le sang tant il avait pu lire de mépris dans les yeux bleus de son ancien ami. Le second avait été moins dramatique. Esteban lui présentait ses excuses les plus sincères et Clément ne put faire autrement que de les accepter. L'attitude d'Esteban était louable, Clément se sentait apaisé. Il put prendre un peu de recul face à cette mésaventure et le jugement scellerait pour lui un nouveau départ. Il avait pris conscience que la vie pouvait s'arrêter d'un instant à l'autre au coin d'une rue. Epicure venait de le piquer au cœur. Il voulait dorénavant profiter des cadeaux qui lui étaient offerts quotidiennement, emballés sous diverses formes : les gens, les rencontres, la nature, les amis, la famille, les loisirs, les sorties, etc.

Le procureur avait, quant à lui, souligné la faute impardonnable, la fuite, et avait requis un an d'emprisonnement ferme et quatre mille euros d'amende. Les yeux d'Esteban étaient suspendus aux lèvres du juge. Il accepterait la sentence mais il priait pour un peu de clémence.

— La cour vous a reconnu coupable des faits qui vous sont reprochés et vous condamne à neuf mois de prison dont six mois fermes et deux mille euros d'amende. Vous pouvez faire appel de cette décision dans les trois jours à venir. La séance est close.

Quelques murmures s'élevèrent de la salle. Le regard d'Esteban cherchait un soutien autour de lui. Valentin le lui apporta d'un sourire serein qui signifiait : *c'est bien, tu t'es comporté comme un homme, un citoyen honnête, tout ira bien et tu passeras à autre chose.* Esteban se sentit à la fois rassuré et gêné. Il savait très bien ce qui l'avait poussé à en arriver là. Au fond de lui, il avait fait exprès, poussé par il ne savait quelle force maligne. Il s'en voulait terriblement, il se trouvait horrible, il n'assumait pas cette position de menteur. Il pourrait méditer en prison mais il serait seul, à nouveau. Il avait surtout besoin de parler, de tout raconter, il ne pouvait plus porter ses secrets sur ses fragiles épaules. Les policiers l'emmenèrent dans son nouvel univers, une cellule de neuf mètres carrés qu'il partagerait avec un autre détenu. Il réalisa qu'il était devenu un délinquant, ce mot pesait lourd dans son cœur. Il revendiquait juste le droit de vivre son amour et cela l'avait conduit directement en prison avec un nouveau statut. Comment pourrait-il remonter cette pente si glissante ? Son amour était policier et il venait de devenir prisonnier. Cet antagonisme le terrifiait, car de ce fait, il semblait qu'il ne pourrait plus partager ne serait-ce que la moindre amitié avec Sarah.

Jeudi 12 mai 2005

13 h 45

Extrait du journal d'Esteban :
J'hiberne littéralement. Après tous les évènements qui ont fait de ma vie un enfer, je m'enferme dans une bulle plus petite encore que celle qui m'était réservée auparavant. J'attends. La situation m'échappe, ma vie dérape. J'espère me relever un jour de mes échecs, et ne pas être déjà mat. Mes hauts sont aussi bas que mes bas de l'autre vie. J'oscille au gré de mes émotions. Le moindre détail peut renverser la tendance de mes errances. Je suis à fleur de peau. Je ne me sens pas beau. Mais je me battrai pour ma vie d'après...

Vendredi 3 juin 2005

20 h 19

Installée face à la télévision, Sarah s'apprêtait à regarder les informations avec un plateau repas sur les genoux. Au menu : tarte à la ratatouille cuisinée par ses soins, accompagnée d'une salade verte. Sarah était très préoccupée par son enquête qui piétinait. Après s'être faits oublier depuis début avril, les voleurs venaient de refaire surface en braquant une cinquième bijouterie à Epinal, petite ville des Vosges. Le mode opératoire identique aux quatre précédents méfaits, ne laissait aucun doute sur les auteurs. Ces derniers semblaient même prendre un certain plaisir à donner leur carte de visite. Ils laissaient à chaque fois de nombreuses marques de leur passage, mais aucune n'était réellement exploitable. Sarah ne trouvait pas de piste qui pouvait l'amener jusqu'aux malfaiteurs. Ils semblaient ne pas exister et n'apparaître que pour voler, l'espace d'un instant, comme des revenants viennent hanter quelques âmes malheureuses à la tombée de la nuit. Son attention se porta alors sur le présentateur du journal télévisé qui abordait justement ce sujet.

« Un braquage de bijouterie a eu lieu hier soir dans le centre d'Epinal en Lorraine. Le cinquième en trois mois, qui semblerait être le fait d'une même bande organisée selon la police. Notre reportage dans les

Vosges de Mathieu Bertrand ». Suivirent les images de la voiture bélier encastrée dans le magasin dont le réalisateur semblait raffoler tellement il s'éternisait dessus. Probablement pour attirer l'audimat. Le goût des téléspectateurs pour l'image-choc étant bien connu. Sarah rageait d'un reportage si médiocre qui, par ailleurs, mettait en avant l'inefficacité de son service. Son propre visage apparut alors. Les questions du journaliste fusèrent, Sarah y répondait méthodiquement et professionnellement. Evidemment, la moitié au moins de ses propos avait été coupée au montage. Il ne fallait garder que ce que l'on voulait lui faire dire, soit en un bref résumé : « la police piétine, nous sommes dépassés et n'arrivons à rien ». Aucune des explications sensées n'ayant évidemment été retenue. La presse ne facilitait pas la tâche de la police et elle venait de diffuser, en gros plan, le joli visage de la responsable de l'enquête. Evidemment, les trois braqueurs n'en avaient pas perdu une miette. Ils connaissaient maintenant celle qui pouvait leur causer des problèmes.

*

Sur son petit et inconfortable lit de cellule, Esteban venait de contempler la beauté incroyable de sa dulcinée diffusée sur le petit écran de télévision. Les commentaires de son compagnon de chambre - *putain, elle est bonne la fliquette, je veux bien qu'elle me mette les menottes moi...* - le tout ponctué d'un rire gras équivoque, l'avait laissé de marbre. Il sortait de l'état de léthargie dans lequel il s'était plongé depuis son incarcération. Il vibrait à nouveau. Son cœur, qui battait au ralenti, venait de reprendre un rythme plus soutenu. Il se replongeait dans son aventure, dans la quête de son propre bonheur. Il lui restait un peu plus de trois mois, peut-être moins grâce à sa bonne conduite, avant de sortir. Il voulait trouver une solution pour reprendre son destin en main. Mais la mélancolie l'envahissait et lui serrait le cœur. Il ferma alors les yeux et récita intérieurement cette jolie chanson qui semblait avoir été écrite pour décrire ses sentiments immédiats :

Toujours ces pensées amères et ces réflexions acides,
Loin d'être candide, mais pas candidat au suicide.
Jeune homme trop speed, c'est ma parano qui me donne des rides,
Et face au vide du plafond, je reste livide.
Et j'en suis dégoûté, désarmé, décontenancé et malmené,
Je crois qu' ma liberté, c'est jusqu'où mes chaînes me permettent d'aller.
Alors j'suis perdu et je n'sais plus,
D'ailleurs j'n'ai jamais su quand le feeling s'accentue.
J'voudrais seulement que la classe m'enlace,
Mais seule la poisse m'en grasse.
J'me fais des confidences en messes basses,
Passe le relais à mes angoisses.

Non mais de quoi suis-je coupable pourtant, songe la nuit

Oh bienvenue à mes insomnies.

On n'peut pas échapper à soi même si l'on se fuit,

C'est tellement vrai que j'en ris.

D'un rire subitement faussé par mon teint qui blêmit.

Il est autour de minuit. Quelque part dans mes nuits, dans mes nuits.

Alors je ferme les yeux, attends l'petit matin,

Pourquoi, j'en sais trop rien, je donne ma langue au chat cousin.

Et je me demande oh combien, de quoi sera fait demain.

Oui je me demande oh combien, de quoi sera fait demain.

Moi j'veux bousculer l'bonheur, tomber sur lui un jour de pluie,

Et si il est éphémère tant mieux, mieux l'illusion de l'instant,

Celle de toute une vie, ma mélancolie...[13]

Les paroles sortaient de la bouche d'Esteban comme des soupirs et quelques larmes les y rejoignirent à la commissure de ses lèvres.

---

[13] « Pensées amères » de Anis

Samedi 4 juin 2005

10 h 15

Esteban suivait son geôlier le long des coursives de la prison Charles III. Il avait une visite. Il espérait que c'était son ami Valentin qui était déjà venu plusieurs fois. Il l'avait énormément soutenu ces derniers temps. Grâce à lui et aussi aux lettres qu'il recevait de sa maman, Esteban attendait patiemment sa libération. Il n'en était rien et qu'elle ne fut pas sa surprise quand il vit, assise à la table des visites, Bettina en personne. Une bouffée d'angoisse le prit. Des images lui traversèrent l'esprit : le rituel, son retour, sa descente aux enfers, la prison, le tout le ramenant à la dure réalité de sa mission dans le passé, mission pour laquelle il n'avait pas été à la hauteur jusqu'alors.

— Vous avez quinze minutes.

Le gardien sortit.

— Surpris mon canard, tu ne t'attendais pas à me voir si j'en crois ta tête.

Esteban restait debout, méfiant.

— Que voulez-vous ?

— Tu oses me demander ce que je veux ! Es-tu aussi stupide ?

Esteban n'osait plus penser à ce maudit engagement qu'il avait pris. Il avait préféré l'oublier. Bettina venait mettre les choses au point.

— Tu me dois un service, mon chou.

Les petits mots tendres ne collaient plus du tout avec le ton ferme et cassant qu'avait pris la gitane.

— Qu'as-tu fait pour moi ?

— Je ne vois pas comment je pourrais agir maintenant que je suis emprisonné ! Ni pour vous, ni pour moi d'ailleurs, Esteban tentait d'être convainquant malgré le malaise évident qu'il ne parvenait pas à contenir.

— Tu gâches tes chances avec ta poulette, c'est ton problème. Mon problème est que celle-ci a déjà commencé son enquête. Tu sais qu'elle va y laisser sa peau. Veux-tu revivre une telle perte à nouveau ?

Touché en plein cœur, Esteban n'eut aucune réponse convaincante à fournir. Il resta muet et se contenta d'écouter le rappel à l'ordre qui le replongea bien malgré lui, dans cet univers si terrifiant dont il s'était enfui lors de son incarcération.

— Tu ne resteras pas très longtemps ici, mon petit. Malheureusement pour toi, ta Sarah sera bien difficile à conquérir maintenant et, de plus, son enquête aura bien évolué. Double problème, double débauche d'énergie pour arriver à mes fins, si ce n'est aux tiennes. Comprends-tu ? Un échec amoureux est absolument envisageable contrairement à celui concernant l'enquête policière. Ta mission n'est pas terminée. Elle vient à peine de commencer. Tu auras tout loisir de peaufiner tes plans pendant le temps qu'il te reste ici. N'oublie pas qu'elle va y laisser sa peau. Et si elle y coupe, alors tu la remplaceras. C'est ainsi.

— Pourquoi vous ne le faites pas vous-même ce travail? Avec les pouvoirs que vous possédez, ça devrait être facile.

— Tu es bien un « gaggio ». Tu ne connais pas les lois qui régissent la vie gitane. Je suis la matriarche d'une communauté. J'ai l'obligation de protéger les miens, mais l'impossibilité technique d'utiliser mes pouvoirs pour intervenir directement sur leur vie. Ça ne marche pas. L'astuce pour détourner cette impasse est d'utiliser un intermédiaire, comme toi. N'oublie pas que je t'aide également.

— Non ! Pour le moment vous ne m'avez pas beaucoup aidé ! Je suis en prison et Sarah ne connaît même pas mon existence ! J'ai perdu tout ce que j'avais...

— Tu en es le seul responsable, tu as agi comme tu l'entendais sans influence. Je t'ai donné une chance incroyable et tu l'as gâchée. Tant pis pour toi ! Maintenant tu me dois ma part du contrat. Empêche Sarah d'enquêter sur mes fils. Tu m'as bien comprise... sinon...

— Mais je ne vois pas comment je peux empêcher quoi que ce soit ! Je ne suis bon à rien, je n'ai plus aucune maîtrise de ma vie et je n'ai aucune envie d'intervenir dans celle des autres. Vous avez vu le résultat ! Laissez Sarah en vie, je vous en conjure.

— Cela ne dépend que de toi.

— Mais...

Esteban ne put continuer sa phrase, pris d'une soudaine et violente douleur à la poitrine. La respiration coupée, il ne put produire le moindre son. Son regard apeuré fit sourire Bettina. Elle le torturait à distance par il ne savait quel maléfice. Elle était le diable en personne.

— Tu ne discutes pas, tu t'exécutes. C'est bien compris. Réponds !

Le pauvre Esteban esquissa un mouvement vertical de la tête pour approuver et mettre fin ainsi à son supplice. Elle aurait pu le tuer. Maintenant, il en était conscient.

Samedi 30 juillet 2005

23 h 56

Sarah et son amie Lisa venaient de sortir du restaurant le « Sud America », Grande Rue. Elles avaient accompagné les bons plats qu'elles avaient dégustés, de nombreux verres de Ti-Punch, une des spécialités du barman originaire de Guyane. Un peu alcoolisées, elles avaient l'intention d'aller danser pour continuer la soirée. Ces moments leur permettaient de décrocher de leur quotidien dans lequel le travail prenait souvent une place étouffante. Bras dessus, bras dessous, elles longeaient la fameuse et magnifique place Stanislas pour rejoindre l'un de leur bar préféré : « La Place ». Son ambiance feutrée, moderne, parfois même coquine leur plaisait beaucoup. Elles pouvaient se laisser aller à quelques moments de légèreté et d'amusements bien mérités.
Un verre de rhum orange à la main, les deux jeunes filles, accoudées au bar, prenaient la température du lieu. Ce dernier n'était pas très rempli en ce début de soirée mais l'endroit très réputé ne tarderait pas à regorger de jeunes fêtards. Lisa pinça alors légèrement Sarah sur le bras, la regardant d'un air malin et lui soufflant à l'oreille :
— Regarde le type là-bas près de l'entrée, il est trop beau !
— Où ?

— Mais là, le brun bien foutu avec un polo blanc.

Sarah ne tarda pas à remarquer le beau jeune homme. Il lui fallut tout de même quelques instants pour réaliser qu'elle le connaissait de vue. C'était bien lui. Le garçon qui s'était fait renverser quelques mois plus tôt. Sarah ne l'avait pas oublié. Elle avait été touchée par cet homme alors qu'elle ne l'avait aperçu qu'un instant, allongé dans un brancard. Son sang ne fit qu'un tour, elle se sentit fébrile. Lisa le lui fit remarquer.

— Eh bien, on a les mêmes goûts on dirait. Mais je l'ai vu la première, il est pour moi.

— Non. Je le connais un peu, je l'ai déjà rencontré donc il est pour moi.

— Quoi, raconte-moi !

Les quelques explications de Sarah ne suffirent pas à faire baisser les bras de Lisa qui revendiqua son droit à draguer ce beau garçon. Les deux amies en conclurent que la meilleure gagnerait et qu'il fallait d'abord vérifier d'une part qu'il était libre et d'autre part qu'au moins une d'entre elles serait à son goût.

2 h 58

Un peu plus éméchée encore, Lisa dansait, accrochée à la barre du podium qui dominait la piste. Ses mouvements sexy avaient attiré de nombreux mâles qui tournaient autour d'elle, répondant à la parade par quelques dandinements parfois ridicules. La belle restait de marbre face aux multiples appels des courtisans. Elle guettait régulièrement sa copine qui, le sourire accroché aux oreilles, semblait tout de miel face à ce garçon qu'elles avaient rencontré. Un certain Clément. Elle avait très vite senti qu'elle devait baisser pavillon face au conquérant qui n'avait d'yeux que pour Sarah. Maintenant dans leur bulle, ne se quittant plus du regard, les deux tourtereaux s'étaient encore approchés l'un de l'autre. Lisa eut l'impression qu'elle rentrerait seule ce soir-là. Mais Sarah avait un sens aigu de l'amitié et elle ne tarda pas à rejoindre son amie sur la piste avec la ferme intention de bien profiter du moment présent.

Un peu plus tard, en sortant, les questions fusèrent :
— Raconte-moi, tu n'as rien dit encore, il est comment ? lança Lisa qui adorait les potins.
— Sympa, il est vraiment cool et aussi beau de près que de loin.
— Vous avez bien accroché apparemment. Il est célibataire ?
— Oui et oui. C'est vrai, on a bien parlé. Il est prof de sport, il a l'air super gentil. Et il sort d'une relation de quelques mois avec une fille qu'il aimerait bien oublier.
— Vous allez vous revoir ?
— On s'est échangé nos numéros et on va peut être organiser un petit rencard prochainement.
— Sacrée Sarah, même quand tu as bu, tu arrives à te maîtriser et à ne pas t'enflammer. Regarde-moi, je

suis folle de jalousie et à ta place, je ne m'en remettrais pas. C'est génial, cette rencontre !

— Oui, c'est vrai, mais tu sais que je me méfie du monde de la nuit qui est perturbant. On y fait et ressent des choses pas toujours très raisonnables. Je vais laisser passer un peu de temps et voir si j'ai toujours ce sentiment qui m'accompagne.

— A savoir ?

— Je ne sais pas, mais je me sens bien, j'ai passé un moment tellement intense et sincère que j'en suis un peu perturbée.

— Ah quand même, tu sors de ta coquille. T'es amoureuse, quoi ! On appelle ça avoir le béguin, pour ton information. Heureusement que je suis là pour te le dire sinon tu serais capable de ne pas t'en rendre compte à cause de ta réserve habituelle. Sacrée Sarah !

— Tu as peut être raison. Comme dirait ma grand-mère : «Qui vivra, verra», n'est-ce pas !

Les deux amies rentrèrent tranquillement. Sarah eut du mal à trouver le sommeil. La rencontre de la soirée l'avait touchée profondément. En bonne scientifique qu'elle était, elle essayait d'analyser ce qui se produisait en elle. Mais une réponse n'est pas toujours mathématique et les sentiments ne s'expliquent pas forcément. Elle était pourtant certaine d'une chose, elle n'avait jamais ressenti cela auparavant.

Jeudi 15 septembre 2005

16 h 28

Extrait du journal d'Esteban :

J'ai appris aujourd'hui que je sortirai dans dix jours après cent trente trois jours de prison. Je suis tellement soulagé que cette période si étrange de ma vie se termine enfin. Ma bonne conduite m'a permis de ne pas aller au bout de ma peine. Mais par la même occasion, je vais être replongé dans mon aventure plus tôt que prévu ! Je vais pouvoir reprendre mon travail, cela m'étonne de la part de mon patron mais il accepte mon retour malgré tout. Je lui découvre un côté d'humanité qu'il cachait. On ne connaît jamais vraiment les gens.

J'ai beaucoup réfléchi mais je ne sais pas encore comment je vais pouvoir empêcher cette maudite enquête. Et puis je ne sais pas non plus si je vais pouvoir renouer contact avec Sarah.

J'ai l'avantage d'avoir réussi à tisser une belle amitié avec Valentin qui m'a soutenu et qui est venu ici régulièrement. Un jour, je lui raconterai toute la vérité, j'y ai beaucoup pensé. J'ai perdu l'ambition de conquérir Sarah, je ne la mérite pas et je fais le mal autour de moi, je dois la protéger. Mais je voudrais tellement redevenir l'ami que j'étais pour elle. Elle m'était nécessaire et indispensable, en dehors de l'amour que je lui portais. Je réalise aujourd'hui ce que j'ai perdu par mon ambition dévorante d'avoir toujours plus, d'avoir ce que je ne peux pas avoir. Cela m'a perdu d'un côté mais aussi remis à ma place. Je réalise que j'avais les moyens d'être heureux, mais que je ne le voyais pas. Le soupir qui m'accompagne emporte avec lui mes doutes. Je me sens prêt à repartir sur une nouvelle route. J'ai peur pour Sarah, mais j'ai une chance de la sauver. J'en ferai mon seul et unique objectif.

Dimanche 25 septembre 2005

10 h 00

Valentin était arrivé un peu en avance pour ne pas louper la sortie de celui qui était devenu un ami sincère depuis quelques mois. Il avait senti qu'il avait un rôle à jouer pour aider Esteban à s'en sortir. Il n'avait pas voulu le lâcher, poussé par une forte sympathie pour celui qu'il avait rencontré peu avant son incarcération. Il pensait en toute modestie que ses visites régulières avaient permis à Esteban de tenir le coup. Et il n'avait pas regretté, car leurs échanges réguliers avaient construit une forte amitié. Il sentait que tous les deux allaient rester liés suite à cette histoire peu commune. Mais Valentin n'avait pas encore tout dit à Esteban. La situation était un peu étrange car maintenant il connaissait aussi Clément, la victime de l'accident. Il l'avait rencontrée quelques semaines auparavant suite à une invitation de Julie qui avait hâte de voir le nouveau petit ami de Sarah. Valentin avait demandé à Julie d'être discrète quant à l'amitié qu'il vivait avec Esteban. C'était une situation ambiguë. Le fameux Clément ne supporterait probablement pas d'avoir dans son cercle d'amis un lien avec celui qui l'avait renversé. Et Sarah n'apprécierait sans doute pas beaucoup non plus, en tant que policière et petite amie de Clément. Un peu de temps devait d'abord s'écouler, pensait

Valentin. Tous n'étaient pas obligés de se rencontrer pour le moment. Quant à lui, il pouvait faire double jeu. Il ne mentait pas vraiment, il préservait les relations humaines entre amis. Il avait son groupe d'amis habituels dans lequel Clément venait d'entrer, et de l'autre côté Esteban avec qui il s'entendait particulièrement bien. Il décida de se laisser porter par les évènements.

Un bruit de serrure vint troubler ses pensées. Valentin était venu accompagné du chien d'Esteban. Jusqu'alors gentiment assis à ses pieds, il s'était redressé subitement. Le regard de Valentin, un peu empreint d'inquiétude, se scella sur la porte métallique verte dont le lent mouvement d'ouverture témoignait du poids. Il aperçut alors le visage de son ami. S'avançant l'un vers l'autre, le regard complice, ils s'étreignirent comme deux frères.

— Ça va ? s'inquiéta Valentin.

— Ouais, carrément, je suis libre, soupira Esteban.

Il s'accroupit alors pour enlacer son animal qui trépignait d'excitation.

— Mon poulet, tu es là toi aussi, tu m'as manqué. Tes nouveaux maîtres se sont bien occupés de toi à en juger à ta panse bedonnante !

— C'est vrai qu'il a bon appétit. Il est adorable.

Les deux amis réunis autour du chien appréciaient l'instant. Valentin proposa de prolonger le moment.

— On va boire un café ?

— Un bon café, ça fait quelques mois que j'en n'ai pas bu. Ceux de la prison ont de quoi te dégoûter de cette boisson pour longtemps.

— Qu'est-ce que tu veux faire aujourd'hui ?

— Me promener, voir des gens, respirer des odeurs, sentir la vie autour de moi. Mais tu as du temps ? Comment va Julie, elle n'a pas besoin de toi ?

— Non, ne t'inquiète pas. C'est même elle qui m'a conseillé de passer du temps avec toi. Elle t'apprécie par procuration, tu sais.

— C'est gentil.

— Et puis, elle avait envie de se reposer et de préparer quelques affaires pour notre petite fillette. Le terme commence à approcher maintenant ! Et je te dois toujours une coupe de champagne. Tu m'avais bien dit qu'elle tomberait enceinte en mai. Là-dessus tu as été balaise !

— C'est vrai ça ! Alors, tu ne veux toujours pas dire le prénom que vous avez choisi ?

— Non, c'est une surprise.

— Je suis sûr que je peux deviner !

— Si ça t'amuse, mais c'est pas gagné, ce n'est pas un prénom très courant !

— On verra ça une autre fois, allons le prendre ce café !

Lundi 10 octobre 2005

20 h 43

Clément posa délicatement sa main sur celle de Sarah. Ce n'était pas la première fois qu'il faisait ce geste, mais il était toujours étonné de la douceur et de la délicatesse de la peau de Sarah. Il la regardait droit dans les yeux. Elle lui souriait amoureusement et cela dessinait quelques plissures aux coins des yeux qui la rendaient irrésistible. Le restaurant qu'il avait choisi tenait son charme de sa décoration cosy. Les fauteuils en osier, la table épaisse en wengé, la lumière dansante des nombreux photophores, la musique « lounge », tout avait pour objectif de créer une atmosphère douce et agréable aux amoureux. Restaurant « Le Léz'Art », Grande rue. Sarah, un peu gênée par tant d'intensité dans le regard de Clément, brisa la magie :

— Arrête de me regarder comme ça, on croirait que je suis ton plat de résistance et que tu n'as pas mangé depuis cinq jours.

— Tu pourrais peut-être au moins être mon dessert, qu'en penses-tu ?

Sarah se contenta de sourire. Elle n'était pas adepte des grandes déclarations et préférait rester sur sa réserve. L'engagement lui faisait un peu peur.

— Je te parle juste de sexe, pas de mariage, n'aie pas peur ! précisa Clément.

— Je sais, je ne suis jamais à l'aise avec ces discussions. Laissons la soirée se dérouler et on improvisera en fonction de nos envies et de notre taux d'alcoolémie, d'accord. Dis-moi plutôt où tu en es dans tes projets d'enseigner Outre-mer.

— Eh bien, en fait, j'avais la ferme intention de demander ma mutation pour la rentrée prochaine, mais il se passe des choses perturbantes dans ma vie qui me posent question, si tu vois ce que je veux dire.

Sarah, fronça les sourcils pour exprimer un questionnement sur ce qu'elle avait, en réalité, très bien compris.

— Attention, je ne parle pas d'engagement, de mariage ou autre, mais je ne voudrais pas manquer une belle aventure en m'éloignant de toi, ajouta Clément.

— C'est très gentil ce que tu me dis et je partage tes sentiments. Maintenant, tu ne dois pas faire une croix sur tes projets pour autant.

— Est-ce que tu es en train de me dire qu'on doit se quitter ou que tu veux m'accompagner ?

Un silence pesant suivit cette question qui n'avait pas été envisagée jusqu'alors.

— Je n'y avais pas pensé mais ça pourrait être sympa. Il faut que j'y réfléchisse, pensa Sarah à haute voix.

— Mais oui, ça serait extra, tu peux demander une mutation, toi aussi. Après tout, tu es fonctionnaire comme moi.

Clément s'emballait.

— Doucement, il faut vraiment peser le pour et le contre de tout ceci. Nous nous connaissons depuis deux mois et demi seulement, c'est trop tôt pour envisager une telle aventure ensemble.

— Attends, les demandes sont à faire bientôt mais le départ ne serait que l'été prochain, dans huit mois, ce qui nous laisse le temps de nous connaître un peu mieux.

Clément avait réponse à tout et le don de persuader les gens. Il utilisait son grand charisme pour convaincre Sarah.

— Ecoute, réfléchissons tranquillement à tout ça chacun de notre côté et on en reparlera, ajouta-t-elle.

— Toujours aussi réfléchie et prudente, n'est-ce pas ?

— C'est une grande qualité dans mon métier !

— Bon, un petit apéro pour commencer et on en reparle quand on aura bu, les langues seront plus déliées et tu oseras peut-être me dire qu'intérieurement, tu trépignes en pensant à cette fabuleuse idée.

— Alors ce sera un rhum orange pour moi, ça me met dans tous mes états.

— Je sais, j'ai déjà pu le constater.

23 h 53

Extrait du journal d'Esteban :

Mes réflexions pour sauver Sarah, pour empêcher cette enquête, ne me mènent nulle part. Comment faire ? Au-delà de lui sauver la vie, je dois faire capoter son travail. « l'un de vous deux mourra » m'a prévenu Bettina, en cas d'échec. Ses fils doivent pouvoir partir avec l'argent. Dans quelle galère me suis-je mis. Si seulement je pouvais entrer en contact avec elle, j'aurais alors plus de moyens de parvenir à mes fins. Je m'efforce de ne plus penser à un avenir commun avec elle mais je brûle de savoir où elle en est. A-t-elle finalement rencontré Clément ? Je n'ose pas en parler à Valentin. Le statut de flic de Sarah m'empêche de lui demander d'organiser une rencontre. Je suis un ex-taulard, et puis j'estime que c'est à lui de me proposer de m'intégrer à son groupe d'amis.

Encore un questionnement sur l'avenir qui me perturbe car jusqu'alors je n'ai pas été bon dans mes choix et mes décisions. Je n'ai pas su prévoir et anticiper. Je suis Evan Treborn dans le film « L'effet papillon » qui essaie constamment de corriger les maux qu'il a provoqués sans le vouloir, en essayant de faire le bien, d'ailleurs. Lui, trouve une solution à ses déboires. Deviendrai-je ce héros qui finit par faire le bien. Se sacrifiant par là même en trouvant la force de ne plus vivre son amour pour sauver celle qu'il aime. Si je savais comment en arriver là, je signerais tout de suite, j'en donne ma parole. Je ne demande qu'à en finir avec cette aventure car je suis perdu, je ne sais plus. En finir, pourvu que mes proches s'en sortent, c'est ce qui compte.

Samedi 29 octobre 2005

12 h 19

Esteban venait de pénétrer dans le restaurant
« L'Angelina » où il devait rejoindre son ami.
Valentin l'attendait, assis à une petite table bien
placée près de la fenêtre.

— Salut Valentin, désolé, je suis en retard.
— Salut, tu vas bien, homme libre ?

Esteban s'installa face à son ami et se livra sans
retenue.

— Oui, je reprends doucement mes marques. Je crois
    que cet épisode ne laissera finalement pas trop de
    traces douloureuses dans mon existence. Il me
    faudra encore un peu de temps pour me sentir
    vraiment bien, mais ça ira.

La serveuse, une très jolie blonde aux yeux bleus,
s'approcha des deux amis.

— Vous avez choisi, messieurs ?
— Non, pas encore, je n'ai pas regardé la carte,
    répondit Esteban.
— Un apéritif peut-être en attendant ?
— Oui, heu, une bière s'il vous plaît.
— La même chose, ajouta Valentin.

La demoiselle ayant tourné les talons, ce dernier
ajouta.

— Pas mal, non. Bien gaulée, la p'tite !
— Ouais jolie !

Esteban avait toujours en tête de lui parler de Sarah qu'il voulait rencontrer. Il profita de la situation pour tenter une allusion.

— A propos de jolie fille. Tu te souviens quand on s'est rencontré, tu étais censé me présenter une amie à toi. Que devient-elle ?

Valentin fut gêné, mais sut cacher son malaise pour poursuivre et dévier la discussion.

— Oui c'est vrai ça et à ton cousin aussi. Que devient-il d'ailleurs ?

Esteban, déçu de la réponse tenta de reprendre la main.

— Je crois qu'il va bien. En fait, je n'ai plus beaucoup de nouvelles depuis un moment car il est finalement resté en Chine. Il a profité d'une belle opportunité. Mais dis-moi, elle est casée ton amie, maintenant ?

Esteban venait d'offrir à Valentin l'occasion de clore le sujet. La lutte psychologique inconsciente entre les deux amis allait prendre fin. Valentin resta vague.

— Oui, je crois qu'elle a rencontré un gars dernièrement. Je ne sais pas encore ce que ça va donner. Tu sais, les gonzesses ! Mais dis-moi, tu n'as pas envie de tenter ta chance avec la p'tite serveuse.

— Heu, bof ! Je préfère les brunes, moi, tu sais.

Les deux amis poursuivirent leurs échanges et cassèrent rapidement le léger froid qui venait de les saisir, en abordant des sujets plus légers. Comme d'habitude, ils passèrent un bon moment. Esteban ne se doutait pas que cette fameuse rencontre avec Sarah, aurait lieu seulement quelques jours plus tard.

Vendredi 11 novembre 2005

15 h 30

Une fois n'était pas coutume, mais en ce jour férié, les nancéens pouvaient profiter d'un ciel bien dégagé et d'une température relativement douce. Conséquence immédiate dans la région, une foule bien dense remplissait les différents lieux de balades de la ville : le quartier Saint Epvre, la place Carrière, les petites rues piétonnes de la vieille ville et évidemment la place Stanislas qui, pour l'occasion, s'était habillée de son manteau de terrasses habituellement mis au placard les longs mois d'hiver. Valentin, Julie et Esteban, accompagnés du « poulet », avaient profité comme les autres de ces instants privilégiés pour se retrouver autour d'une table. La discussion portait sur la grossesse de Julie. Avec son ventre tout rond, elle rayonnait. Esteban, admiratif, ne manqua pas de le lui faire remarquer.

— C'est incroyable ce que tu peux être belle avec ce ballon sous ton pull-over.

— Merci, t'es gentil mais tu mens, je suis grosse. Les gens me regardent bizarrement.

— Pas du tout, ils sont rêveurs comme je peux l'être mais aussi très respectueux de ce que vous, les femmes, êtes capable de faire, ajouta Esteban.

— Il a raison, surenchérit Valentin, tu te rends compte que tu portes la vie en toi et que tu la fais évoluer dans ton propre corps. C'est un processus tellement incroyable et important pour l'espèce humaine. On n'imagine pas combien tout ce que tu vis en ce moment est magique. D'ailleurs, aujourd'hui encore, les scientifiques et l'opinion publique en général ne parlent-ils pas de « miracle de la vie » ! Cette expression porte tout son sens.

— En attendant, n'y a-t-il pas un miracle qui pourrait me faire dégonfler les jambes gorgées d'eau ? Sans parler de mes superbes varices qui me lancinent à longueur de journée. Tu parles d'un miracle. J'en ai assez, je suis horrible, je veux…

Julie interrompit sa phrase si subitement, qu'Esteban, installé face à ses amis, crut que les premières contractions venaient de se faire ressentir, engendrant ainsi l'inquiétude d'un accouchement prématuré. Il se ravisa et comprit qu'il n'en était rien lorsqu'il vit Valentin, figé comme un chien d'arrêt face à sa proie, le regard suspendu comme celui de Julie sur quelque chose ou quelqu'un qui s'approchait dans son dos.

— Salut les amis, vous êtes de sortie ?

Un silence empreint de gêne suivit. Clément, qui venait de s'approcher accompagné de Sarah et ravi de croiser ses amis au hasard de cette belle journée, insista.

— Vous avez vu un fantôme, que se passe-t-il ?

Il n'eut nul besoin d'attendre une réponse, remarquant alors le visage de la personne qui venait de se retourner et dont le sourire venait de disparaître aussi vite qu'une bougie qui s'éteint.

Le choc émotionnel fit fuser les pensées de chacun à la vitesse du tachyon. Valentin et Julie furent plus que gênés de cette relation cachée avec Esteban dont ils devraient justifier la sincérité. Clément, au-delà de ces considérations, tremblait. Son accident, l'hôpital, le procès, tout lui revint en mémoire portant en son corps un élan de dégoût et de haine. S'il pensait cette histoire digérée, cette invraisemblable situation faisait ressurgir de lointains démons, lui laissant dans la bouche une sensation amère à l'arrière-goût de trahison. Sarah partageait l'incompréhension de Clément par procuration et faisait face au terrible doute de la sincérité de ses amis dont elle ne comprenait pas le manège en cet instant. Elle voulait des explications et était prête à passer à l'interrogatoire en bonne et due forme. Quant à Esteban, le pauvre, il luttait pour contenir le malaise qu'il vivait. Une multitude d'informations s'entrechoquait dans son esprit : *Sarah et Clément se sont finalement rencontrés ; Mon dieu qu'elle est belle ! ; Clément ne voudra pas me voir, je ne verrai donc pas Sarah ; Valentin et Julie savaient pour Clément, ils ne m'ont rien dit...* Ce fut finalement Valentin qui prit le taureau par les cornes pour débloquer la situation.

— Je crois qu'on vous doit quelques explications. Bon, Clément et Sarah, je vous présente notre ami Esteban et Esteban, voici Clément et Sarah, nos amis aussi. En fait, tout est de ma faute. J'ai rencontré Esteban peu avant l'accident. On avait bien sympathisé et on s'est pris d'affection. Puis, il y a eu l'accident, qu'il n'a pas voulu bien sûr, et il a payé pour ça. Je l'ai soutenu dans cette histoire car il ne méritait pas d'être mis à l'écart.

Esteban, accroché aux lèvres de son ami, apporta quelques précisions.

— C'est vrai qu'il m'a énormément aidé à traverser cette période et Clément, si je t'ai déjà présenté mes excuses au tribunal, je suis prêt à les renouveler.

Clément resta muet, il attendait encore des explications. Valentin reprit :

— Ecoutez, asseyez-vous avec nous, on va parler de tout ça tranquillement et vous essayerez de me comprendre, s'il vous plaît. Tout ça n'est pas simple et j'ai fait ce qui me semblait le mieux. Je ne voulais causer aucun tort à qui que ce soit et j'ai essayé de préserver chacun d'entre vous. Evidemment, je vous dois des excuses à tous autant que vous êtes mais croyez en ma sincérité.

Valentin se lança alors dans une série d'explications à laquelle il avait déjà pensé, se doutant que ce jour arriverait tôt ou tard. Clément réussit à se détendre et fut convaincu de la bonne foi de Valentin. Sarah, finalement, ne doutait pas de la force de son amitié avec Julie et Valentin et elle savait qu'elle pouvait leur faire confiance. Elle se contenta donc d'écouter son ami. Au fur et à mesure du flot de paroles, son visage de décrispa et un sourire vint se loger sur son beau visage. Esteban eut beaucoup de mal à maîtriser ses émotions. Il analysait la situation. Valentin le défendait mais au fond, ce qu'il racontait n'était pas tout à fait la vérité. Il admirait à nouveau Sarah. Quel choc de la revoir ! Un wagon complet de sentiments amoureux le parcourait à nouveau. Il n'y avait décidemment rien à faire pour lutter contre ce qu'il éprouvait. Elle était son pôle magnétique, elle l'attirait inexorablement comme une force de la nature contre laquelle il ne pouvait rien.

18 h 30

Esteban rentrait à présent chez lui, il marchait tranquillement rue d'Amerval. Son Golden avançait en cadence et partageait silencieusement le bien-être de son maître. Le nez en l'air, dans le ciel de ses pensées, Esteban se remémorait tout ce qui avait été dit l'après-midi avec ses amis. Il analysait la moindre parole et poussait plus loin ses réflexions pour essayer de deviner ce qui pourrait advenir. Quelles seraient leurs relations maintenant qu'ils s'étaient tous retrouvés dans cette nouvelle vie ? *Nous voici de nouveau réunis,* s'était dit Esteban en comparant ses deux existences qui jusqu'alors ne se ressemblaient pas du tout. Un de ses objectifs avait été atteint, tous les cinq étaient, ou allaient, devenir amis. C'était une bonne chose et cette éventualité presque certaine avait mis Esteban de très bonne humeur. Il avait, en effet, tiré de nombreuses conclusions de ce rapprochement aussi soudain qu'étrange. La bonne note sur laquelle il avait finalement quitté ses amis, après une longue discussion pleine d'explications, de joies, de craintes et de rebondissements, le laissait envisager, d'ici quelques temps, des liaisons amicales aussi fortes que celles vécues dans son autre vie. Et puis, devenir proche de Sarah lui permettrait de veiller sur elle, voire de réussir la mission confiée par la diablesse Bettina. Il envisageait maintenant celle-ci sous un autre angle. Bettina lui avait demandé d'empêcher Sarah d'enquêter, pensant probablement qu'en la courtisant, il aurait un impact sur elle et son travail, mais le but final était bien d'éviter l'arrestation pour que Mike et Tony puissent s'enfuir. Or, il imaginait maintenant que, s'il pouvait connaître les intentions de la police par l'intermédiaire de Sarah, il pourrait alors prévenir les Winterstein des risques qu'ils encouraient. Comment, il ne le savait pas encore, mais l'idée lui plaisait énormément, laissant apparaître sur son visage un large sourire. Etait-ce cette idée, ou le fait qu'il allait à nouveau côtoyer Sarah, qui le mettait dans cet état ? Il ne le savait pas vraiment. Probablement un peu des deux d'ailleurs. Esteban, confiant dans son élan, pensait même que les braqueurs de bijouteries, renseignés par ses soins, n'auraient sans doute plus l'envie brutale d'agresser Sarah pour empêcher l'enquête. Tout coïncidait, restait à mettre en pratique.

Samedi 3 décembre 2005

10 h 15

Extrait du journal d'Esteban :
Je me lève ce matin dans un écrin de bonheur. Le nuage qui me porte est certes tout petit, mais il me porte, je m'accroche et j'en profite, je saisis l'instant présent comme j'ai serré de toutes mes forces les moments de bien-être que j'ai vécus hier soir. La première soirée « officielle » à cinq. Sarah était évidemment incroyablement belle et radieuse, j'ai eu ma séance d'acupuncture, recevant les fines aiguilles d'amour qui me piquaient régulièrement aux endroits stratégiques. Les frissons qui en résultèrent me parcourent encore, alors que je me remémore les images de la soirée. Je suis bien.
L'ambiance, bien qu'un peu pesante au début, s'est allégée rapidement, naturellement. Nos amitiés m'ont semblé intactes malgré toutes mes aventures et, ce matin, j'ai vérifié la date pour être sûr. J'ai pu parler avec Sarah quelques minutes en tête à tête, de tout et de rien, de elle et de moi, c'était parfait. Clément et elle semblent amoureux mais je suis résigné et me satisfais de ma position. Prochaine étape, le nouvel an que nous devrions passer ensemble. On ne pourra pas se voir avant malheureusement, à cause des boulots de chacun et des fêtes de Noël en famille.

Je pense que ma stratégie pourra fonctionner. Je dois réussir à parler avec Sarah de son enquête. Je l'aime tellement. Je ne pourrai jamais l'oublier, ni me passer d'elle.

Esteban posa son stylo et s'affaissa quelques instants encore sur son oreiller, se laissant envahir par la musique qu'il avait choisie pour célébrer son bonheur et ses envies d'être avec ses amis et celle qu'il aimait.

There is no combination of words I could put on the back of a postcard
(Il n'y a pas de série de mots que je peux écrire au dos d'une carte postale)
No song that I could sing but I can try for your heart
(Aucune chanson que je peux chanter mais je peux essayer pour ton coeur)
Our dreams and they are made out of real things
(Nos rêves, et ils sont construits de choses réelles)
Like a shoebox of photographs with sepia-toned loving
(Comme une boîte de chaussures pleine de photos ton sépia que l'on aime)
Love is the answer at least for most of the questions in my heart
(L'amour est la réponse, au moins pour la plupart des questions de mon coeur)
Why are we here ? Where do we go ? And how come it's so hard?

(Pourquoi sommes-nous ici? Où allons-nous? Et comment est-ce devenu si dur ?)
It's not always easy and sometimes life can be deceiving
(Ce n'est pas toujours facile et parfois la vie peut être décevante)
I'll tell you one thing, it's always better when we're together
(Je vais vous dire une chose, c'est toujours mieux quand nous sommes ensemble)

It's always better when we're together (C'est toujours mieux quand nous sommes ensemble)
We'll look at the stars when we're together (Nous regarderons les étoiles quand nous sommes ensemble)
It's always better when we're together (C'est toujours mieux quand nous sommes ensemble)
It's always better when we're together...[14]

Ensemble...
Ce matin-là, Esteban désirait plus que tout partager à nouveau d'intenses plaisirs en compagnie de ses amis et avant tout de Sarah.

---

[14] « Better together » de Jack Johnson

Dimanche 1er janvier 2006

0 h 06

Esteban, ressourcé par les dix jours qu'il venait de passer en famille en Espagne à partager les traditions de Noël, regardait les convives s'échanger des baisers et des accolades. Un peu boosté par tout l'alcool ingéré depuis le début de la soirée, il appréciait cet instant particulier. Son regard s'embuait alors que Valentin s'approchait de lui.

— Bonne année, mon pote.

— Bonne année à toi aussi Valentin !

Les deux amis n'eurent pas besoin de s'échanger d'autres mots. Les yeux dans les yeux, ils comprirent simplement que l'affection forte qu'ils partageaient l'un pour l'autre leur permettrait de vivre de bons moments tout au long de l'année. Puis Clément vint les rejoindre.

— Meilleurs vœux les gars, je suis content de vous connaître, vous savez ! Et toi, Esteban, si on a mal commencé tous les deux, j'ai compris que je te dois beaucoup, tu sais.

— Tu es saoul, Clément, tu ne sais pas ce que tu dis, répondit Esteban étonné.

— J'ai bu, c'est vrai, mais je sais ce que je dis. Tu vas trouver que mon analyse est tirée par les cheveux mais je crois que si tu ne m'avais pas renversé par accident, je n'aurais sans doute pas rencontré Sarah. C'est vrai, elle m'a repéré ce jour-là pour la première fois et même si j'étais inconscient, je sais que je l'ai marquée à ce moment. Du coup, notre rencontre suivante était une suite logique et il a été facile pour nous d'entrer en contact grâce à cet événement qui nous liait déjà. Je sais que les maux de la vie doivent être acceptés et compris pour en trouver la fonction.

— Tu fais dans la psychologie, toi, maintenant ? s'amusa Valentin.

— J'ai lu ça quelque part et je trouve cette théorie fabuleuse. Et si tu écoutes un peu certaines personnes qui ont vécu des accidents ou d'autres moments difficiles comme la maladie, elles ont toutes, après l'acceptation de ce qui leur arrivait, trouvé une fonction utile à leur malheur. C'est parfois l'amour, d'autres fois une vocation ou plus simplement une capacité à relativiser et être heureux. Alors merci Esteban, j'ai maintenant accepté et compris l'utilité de cet accident. Elle est double. J'ai rencontré Sarah et je profite au maximum de la vie.

— Intéressant, ponctua Valentin, mais faut-il véritablement éprouver une douleur pour devenir conscient de son propre bonheur ? Ça n'est pas mon cas et je suis heureux.

— L'analyse de Clément permet juste de se consoler d'un malheur grâce à un bien-être relatif. C'est une aide au dépassement de soi, ajouta Esteban.

— Vous avez l'air bien sérieux pour un 1ᵉʳ janvier à minuit ?

Sarah venait de rejoindre les trois compères. Elle se pencha vers Esteban pour l'embrasser.

— Je ne t'ai pas encore souhaité tous mes vœux, Esteban. J'espère que cette année sera bonne.

— Merci Sarah, à toi aussi, bonne année, je te souhaite beaucoup de bonheur et plein de prudence dans ton métier.

Esteban s'était un peu laissé aller dans ses vœux, il s'était stoppé net un peu gêné par ce qu'il venait de dire. Sarah n'avait répondu que par un regard interrogateur sur cette allusion, mais n'avait pas relevé davantage. Elle poursuivit, s'adressant à tous.

— On va boire le champagne, je crois qu'il n'y a pas meilleur moment !

Esteban regardait Sarah s'éloigner de lui. Intérieurement, il formulait ses vœux véritables pour 2006. *Je souhaite que cette année soit une année de vie pour Sarah, pour mes amis, pour ma famille, et je sais que le bonheur en découlera.* Il appliquait la théorie de Clément pour son malaise le plus profond, en espérant qu'elle fonctionnerait. Il acceptait son amour impossible, son malheur de ne pas être aimé par celle qu'il convoitait, pour vivre le bonheur de son amitié la plus belle. Ainsi, il finirait probablement par s'aimer lui-même.

Lundi 23 janvier 2006

9 h 43

Esteban, installé à son bureau, profitait de l'avance qu'il avait prise dans son travail pour éplucher les nouvelles du jour sur le journal local « l'Est Républicain ». A la page faits divers, un titre en particulier l'interpella : « braquage d'une bijouterie à Essey-les-Nancy». Il lut alors le détail de l'article. Le journaliste rapprochait évidemment ce vol aux huit derniers qui avaient eu lieu dans la région. Une fois de plus, les malfrats avaient pris la fuite et disparu dans la nature, laissant la police bredouille. Il indiquait cependant que certaines pistes sérieuses étaient approfondies par les forces de l'ordre. Bien évidemment, cette lecture ramena Esteban à sa préoccupation première. Il n'avait abordé avec Sarah le sujet concernant son métier, qu'une seule et maigre fois depuis leurs retrouvailles et ils n'avaient échangé que des banalités. Esteban n'avait obtenu aucune information à propos de l'enquête. Cela l'inquiétait et remettait en cause sa stratégie qui semblait soudain bien plus compliquée que prévue et probablement pas aussi efficace qu'il ne l'avait imaginé. Il se rassura en décomptant le temps qu'il lui restait avant l'agression qui devait avoir lieu le 3 juin. Mais auparavant, il devait réussir à entrer en contact avec les Winterstein pour les abreuver d'informations sur l'enquête les concernant et ainsi les calmer. Esteban réalisait un peu plus qu'il se rendrait donc complice des vols et encourrait à nouveau de la prison. Encore loin du fait, il semblait disposé à en payer le prix.

*

Stoppé au feu rouge du carrefour à l'entrée du pont Kennedy, Clément avait attrapé rapidement le petit magazine d'annonces de locations immobilières pour continuer ses investigations. Il était sur un petit nuage depuis que, quelques jours plutôt, Sarah avait accepté de s'installer avec lui dans un nouvel appartement. Un engagement sans précédent pour Clément qui n'avait, à presque trente-deux ans, jamais habité avec une compagne. Aujourd'hui, il se sentait prêt à s'engager dans une histoire sérieuse. Les dix dernières années, il les avait passées à virevolter de petites amies en contrat à durée déterminée, en intérim d'un soir et aujourd'hui il se sentait plus que prêt. Il savait au fond de lui que Sarah était la fille de ses rêves. Celle qui correspondait à l'idéal qu'il s'était forgé depuis l'enfance. Celle dont il s'était construit l'image en grandissant et à travers ses expériences. Le klaxon de la voiture qui le suivait le sortit de ses exaltantes pensées.

*

A la clinique Majorelle, Valentin tout de bleu vêtu, ému comme jamais il ne l'avait été, portait dans ses bras sa petite fille née quelques minutes plus tôt. Son cœur s'était soulevé, lui envoyant une bouffée presque étouffante d'émoi, alors que sa petite sortait du ventre de Julie. Celle-ci, littéralement libérée et maintenant apaisée, admirait amoureusement son homme. Une petite larme qu'il ne tentait pas de cacher, coulait doucement au coin de son œil. Ils venaient de vivre le moment le plus fort de la vie d'un homme et d'une femme, celui qui dorénavant allait les lier à vie. Valentin profita de ce moment privilégié pour chuchoter sa première déclaration à son enfant.

— Salut Thelma, tu es si belle. On a été présenté il y a moins d'une heure et je t'aime déjà si fort. Tu es ma fille, je t'aime, ma princesse.

Et Julie comprit alors qu'elle devrait partager son bien-aimé à présent. Mais le regard fier qu'il lui adressa la rassura complètement. Elle se ravisa et se dit alors que Valentin l'aimerait peut-être même plus qu'avant, grâce à ce petit bébé qu'il tenait tendrement contre lui.

19 h 54

Le moment n'était sans doute pas des plus opportuns mais quoiqu'il en soit, Esteban était bien décidé à profiter de cette fête de naissance organisée par Valentin et Julie, pour parler un peu plus sérieusement à Sarah. Il devait impérativement progresser dans sa mission. Ce soir-là, ils étaient une dizaine, réunis autour du couffin dans lequel dormait la petite Thelma. Chacun s'extasiait sur la beauté de la petite et cherchait une ressemblance avec l'un ou l'autre des parents.

Plus tard, dans la cuisine, alors que Sarah s'occupait de faire chauffer les petits fours qu'elle avait apportés, Esteban vint lui proposer son aide. Elle accepta. Esteban engagea la discussion tant attendue.

— Alors, comment ça va pour toi ? Et le boulot ?

— Ben, écoute, ça va pas mal. Je suis un peu fatiguée. Tu sais, on est sur le feu avec cette enquête qui traîne. On a pas mal de pression.

— Et vous avez de bonnes pistes ? Ça avance quand même ?

— Oui, mais c'est très compliqué et toutes les procédures administratives sont étouffantes. Elles nous ralentissent considérablement. Il nous faudrait plus de moyens. Et toi, tu ne racontes pas grand-chose sur ton travail.

— C'est parce qu'il n'est pas aussi passionnant que le tien et que si je commençais à en parler, plus personne ne m'écouterait dès la fin de ma première phrase, et je passerais pour le lourd de service.

Esteban ne devait surtout pas perdre la main et se laisser entraîner ailleurs. Il poursuivit.

— Par contre, ce que tu fais est admirable et incroyablement intéressant. J'aimerais que tu me racontes des détails.

— Oui, mais moi, j'aime aussi m'évader de ce travail qui me coûte beaucoup physiquement et psychologiquement.

— Je comprends. J'espère que tu voudras bien m'en dire plus une autre fois.

— Je n'aime pas trop parler de mes enquêtes et officiellement, tout est confidentiel.

— Ah oui, je vois…, mais tu sais, je te demande tout ça par simple curiosité, rien d'autre.

— Je m'en doute.

Sarah commençait à trouver Esteban un peu insistant. Les petits fours étant enfin chauds, elle saisit l'occasion pour lui proposer de rejoindre les autres et ainsi mettre fin à cette conversation.

La partie était loin d'être gagnée pour Esteban. La quête d'informations semblait difficile. Il lui faudrait insister et persuader Sarah au fur et à mesure de leurs rencontres pour la faire parler un peu. Ce jeu semblait dangereux car elle ne devait se douter de rien. Mais comment échapper au flair du meilleur flic de la région…

Dimanche 29 janvier 2006

1 h 35

Alors qu'Esteban faisait le tour de sa voiture pour vérifier qu'elle n'empiétait pas trop sur l'espace livraison qui bordait ce qui semblait être la dernière place libre, l'image familière du visage de Bettina vint se refléter dans la vitre, côté passager. Surpris et même un peu apeuré, Esteban se retourna vivement. Rien. Son esprit, peut-être un peu trop épuisé, devait lui jouer des tours. Il parcourut ensuite les deux cents mètres de la rue de la Commanderie pour rejoindre son appartement, et accessoirement son lit qui lui lançait des appels incessants depuis plus d'une heure. Hélas, le temps du repos n'était pas encore au programme d'Esteban. En effet, par il ne savait quel tour maléfique, la vieille gitane l'attendait patiemment, une cigarette à la bouche, assise dans son fauteuil beige Ikéa faisant face à la télé. Son chien était resté muet, allongé sur son tapis, sous l'influence envoûtante de Bettina.

— Mais qu'est-ce que vous foutez là ? lança Esteban.
— Moi aussi, je suis heureuse de te revoir mon lapin.
— Que voulez-vous encore ?
— A ton avis ?
Evidemment, il connaissait la raison de la présence de Bettina. Il se lança dans des bribes d'explications.

— Laissez-moi le temps que demande cette mission, j'ai bien avancé et j'ai une stratégie programmée qui va fonctionner. Alors maintenant dehors, faites-moi confiance.

Esteban s'était laissé emporter et à peine eut-il fini sa phrase, qu'il la regrettait déjà, se remémorant l'épisode de la prison au cours duquel la gitane avait fait la démonstration d'un de ses pouvoirs. Il se recula et chercha les mots qui auraient pu la calmer. Elle ne lui laissa pas le temps de se reprendre et répondit d'un ton bizarrement léger.

— N'aie crainte mon bonhomme, je suis là aussi pour te soutenir. Tu es mon plus grand espoir pour sauver mes fils, tu sais.

Elle avouait sa vulnérabilité et sa dépendance vis-à-vis d'Esteban. Relativement surpris par cette attitude, il se sentit plus à l'aise. Son regard se remplit d'une relative et inhabituelle confiance en lui, alors qu'il continuait d'écouter la vieille.

— Je viens te rendre visite pour savoir où tu en es. Je sais que tu as repris contact avec ta chérie et je souhaite que tu ne te disperses pas dans tes projets. Comment comptes-tu t'y prendre ?

Cette question directe embêtait Esteban qui aurait souhaité ne pas partager ses plans avec Bettina, de peur qu'elle n'y adhère pas. Il n'eut pas la vivacité d'esprit lui permettant de trouver une parade et opta, une fois n'était pas coutume, pour la franchise.

Le récit qui suivit laissa la gitane perplexe et un long silence suivit les derniers mots d'Esteban dont la confiance personnelle était retombée au plus bas. Il attendait la sentence, comme il avait attendu celle du juge qui l'avait envoyé sous les verrous quelques mois plus tôt.

— Bon. Ton plan me paraît relativement pertinent mais tu sembles sûr de toi quant aux renseignements que Sarah pourrait te fournir.

En effet, Esteban avait quelque peu amélioré la réalité de ce fait. Bettina plongea son regard noir dans celui d'Esteban et poursuivit :

— Tu auras donc besoin de contacter mes fils pour les informer quand ils se seront fait repérer et qu'ils devront quitter leur planque ou abandonner un braquage. Je t'aiderai à les trouver en temps voulu.

Un peu soulagé, Esteban poursuivit.

— D'accord. J'ai encore une inquiétude que vous pourriez peut-être m'aider à faire disparaître.

— Je t'écoute.

— Voilà, je doute de ma crédibilité vis-à-vis de vos fils, quand l'inconnu que je suis viendra leur fournir des informations confidentielles, leur permettant ainsi d'échapper à la police.

— Tu as raison.

Esteban sentit qu'il abordait un point de détail sensible. Mais le rictus qu'afficha Bettina avant qu'elle ne reprenne la parole vint contredire ses pensées.

— Tu as raison, je vais pouvoir t'aider.

Bettina faisait dans l'humour maintenant, ce qui laissait Esteban décontenancé.

— Mes fils ne seront pas étonnés que tu leur proposes un marché.

— Lequel ?

— Laisse-moi y venir, impatient ! Demande-leur simplement de la laisser en vie en échange de tes précieuses recommandations. Ils comprendront, ne t'en fais pas, et ils devineront que je les protège si tu connais leurs intentions vis-à-vis de ta belle fliquette.

Esteban, surpris de cette réponse qui semblait si évidente pour la gitane, ne trouva rien à ajouter. Ce monde gitan réservait bien des surprises, aussi géniales qu'irréelles. Il proposa donc à la machiavélique Bettina de quitter les lieux, ce qu'elle fit aussi subrepticement qu'elle y était entrée.

*

Cette nuit-là, son rêve habituel lui avait paru encore plus réel. Le contrôle dont il disposait était de plus en plus important. Il flottait auprès de Sarah. Au-delà de l'admiration qu'il lui vouait, il se sentait fort d'un certain pouvoir. Il était là pour elle et il veillait, en la suivant, à son bien-être et sa sécurité. Et même s'il ne s'autorisait pas ce titre, il aimait à penser qu'il était son ange gardien. Tout au moins dans ses chimères.

9 h 13

A son réveil, fort d'une inspiration engendrée par ses rêves, Esteban se mit à écrire un poème pour Sarah. Ou plutôt une prière. La spiritualité ne lui faisait plus peur et prier un Dieu lui parut moins absurde compte tenu de tout ce qu'il vivait depuis quelques temps. Après tout, il pouvait au moins laisser place au doute. En ce matin dominical, il adressa donc une ode religieuse à Sarah.

Ô Seigneur, pourrais-je mourir,
Et devenir son ange gardien,
Etre auprès d'elle, près de son sein,
Et de sa beauté me nourrir.

S'il vous plaît,
Répondez à ce cri si sourd.
S'il vous plaît,
Laissez-moi près de mon amour.

Ô Seigneur, mon corps se remplit,
De toutes les larmes de son cœur,
Quand la femme de toutes les douceurs,
Rencontre la mélancolie.

Aidez-moi,
A surmonter tous mes malaises.
Aidez-moi,
Face à son regard de braise.

Ô Seigneur, mes larmes d'amour,
Semblent tomber sans aucun bruit,
Noyant l'espoir de chaque nuit,
Noyant ma vie de chaque jour.

Non, Esteban n'était pas triste car il acceptait sa destinée. Il souhaitait rester auprès de Sarah autant que possible et puis surtout la sauver de la mort qui l'attendait. Et ce, quel qu'en soit le prix.

20 H 37

Sur le parking vide du supermarché Leroy Merlin dans la périphérie nord de la ville, trois hommes s'étaient retrouvés autour de deux véhicules. Tony, Mike et Franck préparaient leur coup du soir autour des voitures qu'ils venaient de dérober. Une Polo GTI noire pour la fuite et une vieille BMW série 3 qui servirait de bélier. La cible : un petit dépôt de bijoux situé non loin de là, à Frouard, servant à une centrale d'achat de la région. Une belle affaire en perspective.

Mercredi 15 mars 2006

21 h 12

Les cinq amis, réunis chez Esteban autour d'un savoureux repas, passaient un délicieux moment. Les rires et sourires s'échangeaient. Les liens qui les unissaient grandissaient. Esteban, heureux de partager ces instants avec Sarah, heureux de la regarder, gardait un petit goût amer qu'il attribuait à une jalousie vis-à-vis de Clément. Le fait réel était que sa vie reprenait le même chemin et que rien n'avait changé malgré sa bonne volonté. Esteban ressentait en fait le goût désagréable de l'échec. Il n'avait rien fait pour lui, ni pour Bettina. Il piétinait et se dirigeait tête baissée, caché derrière son bonheur relatif, vers une suite logique qu'il connaissait déjà. L'avenir allait être le même s'il n'intervenait pas rapidement.

Samedi 1er avril 2006

11 h 12

Assis sur un banc du parc Sainte Marie non loin du centre ville, profitant du doux soleil qui venait lui caresser la peau, Esteban réfléchissait à sa vie. Comme souvent, il se remettait en question et devait affronter un de ses fameux « coup de moins » qu'il vivait périodiquement. Le parc grouillait de vie. Des femmes discutaient autour de leur poussette. Des enfants riaient. *Comme vos joies sont enviables petits bonshommes, profitez-en, avant que la vie ne vienne les ternir*, pensa Esteban en les regardant courir les uns derrière les autres, la bouche grande ouverte sur leurs petites quenottes aussi blanches que leur innocence. Bien qu'un peu mélancolique, il appréciait ces instants de solitude et de réflexion. Cela lui faisait du bien et souvent il repartait avec une envie plus soutenue d'accomplir ses projets. Il se laissait aller, détendait tous ses muscles, se concentrait sur sa respiration qu'il guidait vers chacun des endroits de son corps, appliquant à la lettre ce qu'il avait vu dans une émission consacrée à la relaxation. Son i-pod en poche lui transmettait une douce musique qui complétait pleinement cet instant de décontraction.

Belle dame, en mes bras
Si vous vouliez venir

202

Je vous ferais mienne
Et partager ce non-avenir
Qui attend là
Dans l'univers ingrat
Des jours sans devenir
Vous pouvez être reine
Et emporter ce train-souvenir
Qui loge en moi
Tout bas

Sûr, on n'est pas trop à l'aise
Face à vos regards de braise
Mais, quand on en a rêvé toujours
On en oublie d'être farouche
Et moi je meurs de vous porter à ma bouche
S'il vous plaît, donnez-moi ce premier secours...[15]

---

[15] « Belladonna mia » des Innocents

Dimanche 30 avril 2006

22 h 49

Extrait du journal d'Esteban :
Une chose m'inquiète. J'ai le sentiment que la vie nouvelle que je mène depuis mon retour dans le passé, prend la même direction que l'ancienne. Sarah et Clément nous ont annoncé leur départ pour la Polynésie hier soir et même si les circonstances n'étaient pas tout à fait les mêmes, car pas au même endroit, les similitudes avec mon ancien présent sont presque effrayantes. Comme si nos destins étaient réellement écrits et que rien ni personne ne pouvait y changer quoi que ce soit. Si je poursuis mon raisonnement, c'est horrible mais Sarah va mourir. Dois-je me plier à la volonté des forces suprêmes qui régissent ce monde ou ai-je une chance de vaincre ? Je me dois d'essayer, qui ne tente rien, n'a rien. J'y mettrai toute mon âme et mon cœur.

Lundi 8 mai 2006

20 h 49

Esteban, un peu perdu dans sa tâche, ne savait plus comment aboutir à ses fins. Il craignait que son plan « A » ne suffise pas et il voulait absolument prévenir Sarah du danger qui la guettait sans pour autant attirer l'attention. Sa démarche semblait maladroite mais il s'était décidé à entamer un plan qu'il qualifiait de « parallèle ». Il s'adonnait à la création d'une lettre anonyme à l'intention de la police. Il ne revenait pas de ce qu'il était en train de faire. Son intention était très louable et la lettre n'avait que pour objectif de mettre Sarah en garde. Il savait bien aussi que son message n'arrêterait pas l'enquête, mais il n'avait eu que cette idée. Les différentes lettres découpées dans des magazines puis collées sur une feuille blanche formaient ces mots : « PRENEZ GARDE SI VOUS PERSEVEREZ DANS L'ENQUETE DES VOLS DE BIJOUX VOUS METTEZ VOTRE VIE EN PERIL ». Il avait pris de multiples précautions pour ne pas se faire repérer. Il faisait cela depuis son bureau, seul à cette heure de la journée et utilisait des gants en caoutchouc. Le matériel ainsi que les lettres utilisés étaient trop courants pour être ciblés précisément. Maintenant, il se demandait comment faire parvenir ce courrier directement à Sarah. Un porteur, la poste, sa boîte aux lettres personnelle, quelle était la méthode la moins risquée ? Esteban réfléchirait à toutes les éventualités et prendrait une décision plus tard. La lettre était prête, mais il fallait maintenant imaginer un moyen plus persuasif de contrer cette enquête, pour sauver Sarah.

Mercredi 17 mai 2006

8 h 56

Assis à son bureau, face à son écran d'ordinateur qui lui semblait inamical ce jour-là, Esteban avait pris son visage entre ses mains. La grisaille du temps avait autant assombri son espace de travail que son cœur. Et si pour travailler, il avait allumé sa lampe, aucune source lumineuse ne parvenait jusqu'à son être le plus profond. Dans un long soupir, il mit son travail en stand-by pour se confier à son journal qu'il sortit de sa poche.

Extrait du journal d'Esteban :

Sarah va mourir. Hier encore, j'ai essayé. Elle ne me dit rien et pire, elle semble trouver mon attitude louche. A force d'insister, j'attire en elle des doutes. Je n'ai aucune information à fournir aux Winterstein. Je pourrais aller les voir et leur dire que la police est sur leur trousse, cela les ferait bien rigoler. Et je suppose que les supplier de laisser Sarah ne servirait à rien. J'irai les voir quand même, sait-on jamais ? Je ne dois rien négliger. Un véritable compte à rebours s'est lancé aussi perceptible qu'un missile à tête chercheuse dont le bip lancinant augmente son intensité à mesure qu'il s'approche de sa cible. Un missile est lancé, je dois l'arrêter.

*

Boulevard Lobau, au commissariat de police, l'équipe de Sarah s'affairait déjà comme des fourmis organisées autour de leur fourmilière. Des indics parisiens, ayant récupéré des bijoux volés provenant de la région, leur avaient fourni de précieuses informations. Les hommes repérés semblaient être de sérieux suspects. Des filatures allaient bientôt être mises en place dès que toutes les procédures administratives le permettraient. Sarah pestait contre les bâtons que cette fameuse administration lui mettait dans les roues et elle trouvait ridicules les lourdeurs imposées par celle-ci. Malheureusement, passer outre pouvait la mettre en échec et permettre aux malfrats d'être libérés pour faute de procédure. Quelle justice ! Elle avait de plus en plus de mal à y croire profondément comme on le lui avait inculqué à l'école de police. La réalité du terrain remettait bien des valeurs en question. Mais ce qu'elle attendait aujourd'hui avec impatience était le résultat de l'analyse de cette lettre anonyme qu'elle avait trouvée dans sa boîte personnelle. Cela l'inquiétait mais surtout cet indice supplémentaire rendait l'affaire atypique. Des voleurs cherchent en général à ne pas se faire repérer. Elle doutait donc de la provenance de ce courrier. L'auteur avait-il un lien avec les malfaiteurs ? Elle espérait fortement, mais sans grand espoir, que l'analyse scientifique de cette lettre apporterait quelques réponses à toutes ses questions.

Elle décrocha son combiné téléphonique et composa le numéro interne du service d'analyse.

— Bonjour, c'est le lieutenant Flaubert. Je voulais savoir où vous en étiez avec cette lettre.

— Oui, bien sûr. Nous avons presque terminé.

— Vous avez quelque chose ?

— Oui un indice non négligeable qu'il faut traiter maintenant.

— Expliquez-moi.

— Et bien, on a trouvé, collé sous une des lettres, un petit cheveu. L'auteur n'a pas dû l'apercevoir en fabriquant son message car il est très fin et enroulé. Une fois la lettre collée, on ne le voyait plus. C'est le scanner qui nous l'a révélé. Nous avons donc pu décoder l'ADN de l'auteur présumé de la lettre.

— On ne sait pas de qui il provient, je suppose ?

— Nous allons le comparer à notre base de données. Si notre homme a été arrêté durant ces trois dernières années, nous pourrons le confondre car nous prélevons systématiquement les empreintes génétiques par frottis buccal lors des arrestations.

— Il vous faut combien de temps ?

— Dans une heure maximum, l'ordinateur aura fait les comparaisons. Je vous appelle dès que je sais ce qu'il en est.

— Merci.

Sarah raccrocha. Elle se sentait impatiente. Une pièce supplémentaire du puzzle allait être placée sur la table de l'enquête.

Lorsqu'Esteban vit entrer Sarah dans son bureau, il n'eut pas le temps de conserver l'éclaircie sur son visage qui était apparue à la vue de la belle, comme les projecteurs illuminent l'entrée en scène d'une star. Sarah était ici en lieutenant, en uniforme, suivie de près par deux cerbères qui ne mirent que quelques secondes pour le menotter. Figé sur sa chaise devant son bureau, il n'opposa aucune résistance. Le regard de Sarah le pétrifia et le fit fondre de terreur et de malaise. Il voulait tellement qu'elle l'aime. Il ne supportait pas qu'elle puisse penser qu'il lui voulait du mal, il devait tout lui expliquer. *Comment m'y prendre ?*

Sans ménagement, les deux flics soulevèrent Esteban de son fauteuil en le tirant par les bras attachés dans son dos. Au passage, sous les yeux ahuris de ses collègues, sa chaise et une bonne partie de ses dossiers se renversèrent dans un bruit sourd. Sarah ne prononça pas un mot. Elle laissa faire. L'à-coup suivant, destiné à le faire traverser la pièce d'un seul et même élan, fit tomber de sa poche son calepin qui vint glisser sous une petite étagère. Ainsi pratiquement invisible, seul Esteban le remarqua. Il préféra ne rien dire. Ne pouvant le quitter du regard, il s'en éloignait irrémédiablement. Ce calepin en cuir marron terni, patiné par de longues séances de manipulation et de transport dans la poche de ses pantalons, était devenu la branche à laquelle il s'accrochait régulièrement pour ne pas se laisser tomber vers la folie. Il contenait jalousement et secrètement toute son histoire. Tout en s'éloignant encore, Esteban eut le sentiment que celle-ci serait bientôt mise à jour. Il ne savait pas si son journal serait un atout ou non. Dans un premier temps, il imaginait que ce dernier caractériserait sa personne comme un cas psychologique à étudier et à interner dans un centre spécialisé. Et puis, évidemment, il le rendait coupable de complicité tant il contenait d'informations sur les braqueurs. Dans la voiture qui les emmenait à toute allure au commissariat, l'ambiance trop silencieuse pesait autant sur Esteban que sur Sarah qui ne se remettait pas du coup de fil qu'elle avait reçu un peu plus tôt, identifiant Esteban comme auteur de la fameuse lettre. Esteban, réfléchissait à une stratégie probante. Qu'allait-il bien pouvoir raconter à Sarah ? Comment lui expliquer tout en la préservant ? S'il balançait les Winterstein, il savait que tôt ou tard, l'un des deux mourrait, voire les deux. Bettina l'avait prévenu et il savait qu'il devait prendre ses menaces au sérieux. Par ailleurs, s'il allait en prison, il serait plus ou moins à l'abri. Il craignait donc surtout pour la sécurité de Sarah. Le policier installé au volant accéléra un peu plus. Esteban, dans son inconfortable situation, avait encore trouvé le pouvoir d'apprécier la grâce et la beauté de cette fille pour laquelle sa vie avait basculé.

Esseulé dans un bureau minuscule dont les peintures jaunies par les années de tabagisme des flics et voyous rendaient l'atmosphère désespérément glauque, Esteban, inquiet, attendait. Il faisait tristement sombre. Seuls quelques rayons d'une lumière grise filtraient par les fenêtres mouchetées de grosses gouttes de pluie. Un peu partout des papiers, des photos, des notes, étaient accrochés sur les murs, donnant au lieu un aspect des plus désordonné. Esteban était menotté au mur, une fesse assise sur un fauteuil de bureau dont les mousses semblaient vouloir s'échapper pour avoir trop supporté, de longues heures durant, les derrières humides des malfrats subissant fiévreusement les interrogatoires. Sur le bureau, un vieil ordinateur aux aérations noircies attendait de recevoir ses confidences. Confiné dans cet endroit depuis plus d'une heure, son inconfort devenait perturbant. Il imaginait que les policiers le faisaient mijoter pour l'effrayer, ou encore mieux, pour le faire craquer au plus vite. Soudain, la porte s'ouvrit sèchement. Sarah entra. Elle le fusilla du regard et l'agressa aussitôt d'une première question.

— Tu sais pourquoi tu es là !

Un silence. Esteban regardait à terre pour ne pas lire la colère de sa bien-aimée. Il répondit d'une voix presque inaudible.

— Non, heu… pas vraiment.

Sarah déposa la lettre devant ses yeux pour lui rafraîchir la mémoire. Une évidence vint à l'esprit d'Esteban. La tournure qu'il avait employée, laissait plus penser à une menace qu'à une mise en garde. Il se sentit si mal qu'il mit un certain temps à réagir. *Comment m'ont-ils découvert ?* Cela n'avait pas d'importance. Apparemment clairement identifié, il ne se sentait pas la force de nier.

— Ah, c'est donc ça, esquissa-t-il du bout des lèvres.

— Tu peux m'expliquer pourquoi tu as écrit cette lettre, et les liens que tu entretiens avec les voleurs ?

Esteban tenta de rester simple, se concentrant sur l'essentiel et essayant de montrer sa bonne foi.

— Ecoute Sarah, j'ai fabriqué cette lettre pour te mettre en garde car ces types te veulent du mal. Ils sont prêts à tout pour parvenir à leur fin.

— Et je suis prête à tout pour leur mettre la main dessus. A commencer par mettre un ami en tôle.

Elle se reprit, en mimant de ses longs doigts, des guillemets.

— Un soi-disant ami.

— Je sais que tout ceci est étrange, mais crois moi, je ne te veux que du bien et je souhaite plus que tout te protéger de ce qui va t'arriver.

— Ce qui va m'arriver ? Ce sont des menaces ?

— Mais non, tu ne me comprends pas. Je ne suis pas un voleur et je ne connais pas ces types. Je sais juste ce qui risque de se produire si tu enquêtes encore.

— Explique-toi, je ne me contenterai pas de si peu.

Sarah s'était un peu détendue. Elle se souvint de l'importance de la présomption d'innocence dans son métier et il fallait qu'elle fasse la part des choses entre son travail et le lien personnel qu'elle avait avec Esteban. Elle s'assit face à lui, appliquant un principe psychologique qui permettait à un individu de se sentir plus à l'aise et en confiance alors que son interlocuteur se mettait physiquement à son niveau. Elle ajouta d'une voix plus douce.

— Je t'écoute.

Esteban avait les larmes aux yeux et tout en essayant de les retenir, il prit la parole.

— Sarah, je suis quelqu'un d'un peu spécial. Mais avant tout, tu dois me croire et savoir que tu comptes énormément pour moi.

Il n'avait pas dit « aimer » mais le ton qu'il avait pris ne laissait que peu de place au doute. Il n'avait pas l'intention de raconter exactement toute son histoire, trop apeuré des conséquences. Mais lâcher un peu de vérité lui ferait un bien fou. Il continua.

— Je ne suis pas un voyou et, même si j'ai déjà fait de la prison comme tu le sais, j'ai un bon fond et je veux vivre pour faire le bien autour de moi.

Il racla sa gorge avant de poursuivre.

— J'ai une sorte de don. Je sais ce qui va se produire. Je l'ai vu. Tu vas mourir, suite à une agression des braqueurs de bijouteries. Ça paraît incroyable mais c'est la vérité, je sais ce qui va se produire dans un avenir proche.

Sarah resta sans voix un bon moment avant de demander, l'air peu convaincu.

— Tu te prétends médium ?

— On peut dire ça. Appelle cela comme tu veux, mais tu dois absolument me prendre au sérieux, c'est très important.

— Si je t'écoute, j'abandonne mon enquête, c'est ça ?

— C'est effectivement la meilleure solution.

— Tu te rends compte de ce que tu es en train de me dire ? Je te rappelle que c'est mon métier, que j'ai des responsabilités vis-à-vis de mon équipe et de ma hiérarchie. J'ai signé en connaissant les risques que ce job comporte.

— La situation me paraît aussi incroyable, sois-en convaincue. Mais que voulais-tu que je fasse ? Je ne pouvais pas te laisser foncer droit vers une mort certaine sans essayer de t'en empêcher. Je m'en serais voulu à tout jamais. Comprends-moi !

Sarah avait très envie de croire Esteban, la situation serait, au moins, plus claire comme ça. Mais son esprit très cartésien et la pression qu'elle allait subir pour faire avancer cette enquête qui n'en finissait pas, ne lui permettaient pas de rester sur de tels aveux du seul individu sérieusement suspecté et interpellé depuis l'ouverture du dossier. Elle insista, aiguisée par une certaine curiosité.

— Pourquoi ne m'as-tu pas prévenue directement, plutôt que par cette lettre absurde ?

Esteban dut avouer que la question était très pertinente.

— Tu ne m'aurais pas cru et m'aurais pris pour un fou. Ça ne t'aurait pas empêchée d'enquêter.

— Parce que tu crois que cette lettre a eu cet effet ?

— Je ne sais pas. Mais au moins, la forme t'imposait une certaine pression et rendait le caractère de l'avertissement plus tangible. Le but était que tu fasses plus attention.

Un nouveau silence, plus long. Esteban et Sarah s'échangèrent un regard franc et soutenu. S'ils n'avaient pas été dans cette situation d'affrontement, Esteban aurait pu le prendre comme un regard amoureux. En cet instant, Sarah cherchait la vérité dans les yeux de son ami. Esteban ne tremblait pas, il regardait Sarah de son air le plus sincère. Une fois de plus, il attendait un verdict, une sentence. *Ça passe ou ça casse, elle me croit et j'ai une chance, elle ne me croit pas et ça se complique sérieusement.*

Sarah rompit l'instant.

— Tu es en train de me mener en bateau, comment pourrais-je croire à tout ça ! C'est malin de ta part, il faut bien l'avouer. Tu joues sur la corde sensible.

Esteban sentait Sarah s'éloigner de ses explications, alors qu'un instant, il en était sûr, elle avait eu envie d'y croire. Il essaya d'insister.

— Non Sarah, tu dois me croire…

— Arrête, menteur, l'interrompit-elle. Tu protèges tes complices qui nous font passer pour des imbéciles, nous narguant à chacun de leur vol. Tu sembles être lié de près à ces braquages et tu as certainement ta part du butin qui t'attend quelque part. Vous avez voulu me foutre la trouille avec vos menaces car vous vous savez surveillés. Cela explique aussi toutes les questions que tu me posais pour soi-disant assouvir ta grande curiosité. On ne se connaît que depuis peu de temps mais je commence à cerner ta véritable personnalité.

Elle s'arrêta. Esteban resta pétrifié, cristallisé par la foudre qui s'abattait sur lui. Il ne sut comment réagir. Il voulait tout lui avouer : son retour dans le passé, Bettina, sa mission, les menaces, son amour… Il n'en eut ni le courage, ni le temps. Sarah reprit froidement, déroulant les mécanismes de la procédure.

— Tu vas subir d'autres interrogatoires. Je te conseille de bien réfléchir à ce que tu vas raconter. N'espère pas convaincre qui que ce soit avec tes salades. Tu risques de passer un long moment ici. Et je suis certaine que le procureur va demander ton incarcération provisoire en attendant une éventuelle mise en examen.

Elle sortit, laissant Esteban reprendre un rythme cardiaque moins élevé que celui des vingt dernières minutes. Sous le choc, il était très déçu de la tournure des évènements. Pourtant, pour la première fois, il venait de prendre à bras le corps sa mission. Il tentait d'y voir plus clair pour apercevoir dans toute cette confusion une fin heureuse. Mais pour l'heure, un dénouement semblait encore inaccessible à sa vue.

14 h 31

Les réponses d'Esteban avaient été systématiques quand deux autres enquêteurs, bien moins séduisants que la belle Sarah, avaient pris le relais, continuant les questions directes et même les avertissements. Ils lui avaient promis de longues années en cellule pour complicité de vol et menace de mort sur un agent des forces de l'ordre. Mais Esteban avait conservé ses déclarations. Il trouvait que ses explications collaient bien avec, d'une part la réalité, et d'autre part ce qu'on lui reprochait. Pourtant, l'aspect mystérieux de son histoire restait un mur infranchissable à toutes ces âmes qui ne savaient pas s'élever plus haut que le matérialisme concret de l'existence. Il ne leur en voulait pas, sachant très bien qu'il aurait eu le même comportement s'il n'avait pas vécu cette expérience incroyable. Cette aventure avait eu, au moins, le mérite de lui procurer une certaine spiritualité dont il était dépourvu auparavant.

Alors qu'il venait d'avoir droit, enfin, à une petite collation, il lui fut permis de passer un coup de fil. Le choix de son correspondant s'imposa.

— Valentin, c'est moi.

— Salut Esteban, Ça va ? T'as une drôle de voix.

— Je suis au commissariat, en garde à vue. J'ai quelques problèmes.

— Quoi ! Tu me fais marcher, c'est pas vrai ?

— Ecoute-moi s'il te plaît, j'ai plus que jamais besoin de toi. Tout va te paraître très étrange mais tu es le seul à pouvoir me venir en aide et surtout le seul en qui ma confiance est indéfectible. Je sais que tu seras de mon côté.

Il était temps de mettre son meilleur ami dans la confidence et, pour cela, il était impératif qu'il lise ses récits. Il ne souhaitait pas que la police s'en empare. Comment pourrait-elle croire à un retour dans le passé alors qu'elle se montrait si hermétique à des notions de voyance. Même des écrits ne suffiraient probablement pas à les convaincre. Il préférait l'appui de son ami qui pourrait sans doute l'aider, au moins à protéger Sarah. Le strict minimum. Le reste, il l'envisagerait ultérieurement. Valentin resta silencieux. Esteban sut qu'il était prêt à l'écouter.

— Tu dois faire quelque chose de très important au plus vite, s'il te plaît. J'ai laissé un calepin à mon bureau. Il a glissé de ma poche quand je me suis fait arrêté. Je pense que la police ne l'aura pas trouvé car en tombant, il s'est discrètement inséré sous une petite étagère à gauche de la porte d'entrée du bureau. Il faut impérativement le récupérer, c'est une question de vie ou de mort.

Toujours le silence à l'autre bout du fil. Esteban ne s'arrêta pas.

— Quand tu l'auras, ne me l'apporte pas, mais lis-le et tu comprendras tout depuis le début. Je vis quelque chose d'insensé que personne ne peut prendre au sérieux. Je sais qu'avec ce calepin, tu me croiras. Ensuite, viens me voir et on discutera de tout ça.

— Qu'est-ce qui se passe, tu deviens fou ?

Esteban ne releva pas, trop effrayé à l'idée que son ami, son ultime espoir, ne tombe, lui aussi, dans l'explication rassurante que chacun des enquêteurs avait privilégiée : La Folie. Il continua.

— Ensuite, appelle s'il te plaît un avocat pour moi, je vais en avoir besoin.

Esteban laissa s'écouler quelques secondes avant d'ajouter, un peu embarrassé.

— Et encore une chose s'il te plaît. Mon chien, tu peux t'en occuper ?

La réaction de Valentin se fit attendre.

— C'est bon, je m'occupe de toi et on se voit bientôt. Je prends aussi le « poulet » chez moi. Prends soin de toi.

— Merci mille fois mon ami, tu ne le regretteras pas.

Esteban devait ajouter un dernier détail d'importance.

— Valentin, une dernière chose. N'en parle à personne. Surtout ne dis rien de tout ce que tu trouveras à Sarah. Fais-moi confiance, tu comprendras.

Il raccrocha, rassuré du soutien qu'il venait d'obtenir. De plus, il savait qu'en parcourant son journal, Valentin ne pourrait que se mettre de son côté. Jamais il n'aurait pu inventer toute cette rocambolesque aventure sans l'avoir vécue. Sarah, de son côté, était trop impliquée dans l'enquête pour entendre et surtout croire à son histoire. Une inquiétude cependant vint s'abattre aussitôt. *Pourvu que mon journal soit encore là-bas, que personne ne l'ait pris...*

22 h 55

Esteban venait de retourner dans sa minuscule cellule de deux mètres sur un, dont les murs portaient les marques des coups de nerfs des différents prévenus, rageant contre « ces salauds de keuf » ou hurlant leur innocence. Lui, restait calme autant que possible malgré le stress qui le tenaillait. Son avenir ne le préoccupait plus, seule Sarah comptait. Il attendait. Il attendait le prochain interrogatoire qu'on lui avait promis dans la soirée, devançant celui de la nuit et ainsi de suite durant les quarante-huit heures officielles de sa garde à vue. Il s'attendait à passer d'éprouvants moments car les enquêteurs ne semblaient pas vouloir lâcher une si belle prise sans en tirer d'importants indices. Maître Berger, son avocat, qui venait de sortir, lui avait expliqué qu'au terme de sa garde à vue, il serait probablement confronté à un cas assez rare en France : la libération sous caution. En effet, le procureur avait confié que les éléments d'accusation ne semblaient pas assez probants pour une détention provisoire en attente du procès, mais que l'affaire avait pris une telle ampleur et notamment une tournure politique, que le parquet ne voulait pas prendre le risque d'une fuite. La fourchette des sommes d'argent probablement demandées pour sa libération provisoire, avait fait pâlir Esteban. Il n'avait aucune chance de sortir. Son pouvoir d'action allait être très limité. A nouveau, la situation lui échappait. Il attendait. Il attendait des nouvelles de Valentin. Il attendait de connaître sa réaction, si par bonheur, il avait pu mettre la main sur son journal intime. Il fondait dorénavant tous ses espoirs sur son ami. Il attendait…

*

Installé dans le confortable fauteuil en cuir qui avait trouvé sa place auprès de l'unique fenêtre de son bureau, Valentin fit glisser lentement l'élastique qui maintenait le calepin fermé sur des secrets qu'il ne pouvait encore mettre en image dans son esprit. Par chance, quelques heures auparavant, il avait pu retrouver ce carnet. Il avait profité d'un moment de relâchement du policier qui gardait les lieux sous scellés pour s'emparer de l'objet si précieux. Valentin ne se doutait pas encore que ce geste, en apparence anodin, prendrait une toute autre valeur dans les instants qui allaient suivre, en constatant l'importance inestimable de ce document. A l'ère de l'informatique et des duplications aisées, une pièce manuscrite, comme celle qu'il tenait dans ses mains, contenait toute sa dimension dans son unicité. Il alluma la petite lampe de lecture posée près de lui et dirigea le faisceau lumineux sur le journal. Ainsi attisées par cette source, les pages se livrèrent à lui. Il y découvrit les mots confus d'un homme venu d'un autre temps. Les mots chargés d'émotions d'un homme esseulé, perdu. Les mots sincères nés du cœur d'un homme amoureux fou. Les mots perturbés de cet homme responsable d'une mission impossible. Les mots effrayés d'un homme face à son destin et à la mort.

Jeudi 18 mai 2006

8 h 00

Un agent de police vint chercher Esteban, recroquevillé sur la banquette de sa cellule, pour le conduire aux mains d'un nouvel inspecteur qui le torturerait des mêmes et incontournables questions. Pourquoi, qui, quoi, quand, comment… ?

*

Sarah relut une énième fois les rapports des interrogatoires de ses collègues. Toujours la même chose, il ne craquait pas. Elle ne permettait pas au doute de prendre une place, même infime dans son esprit, s'accrochant mordicus aux fondements de sa solide formation et de son expérience qui avaient fait d'elle ce qu'elle était à ce jour…

*

Clément n'avait pas réussi à dormir. Depuis qu'il avait appris l'arrestation d'Esteban, la haine le rongeait. Il avait soif de vérité. Il était maintenant persuadé que l'accident de l'année passée n'en était peut-être pas un. Il se creusait la tête pour deviner qui se cachait derrière ce personnage finalement énigmatique…

*

Julie venait de recoucher Thelma après son biberon du matin. Elle avait rejoint Valentin dans le bureau, inquiète de ce qui était en train de se passer. Il avait passé toute la nuit dans ce fauteuil, finissant même par s'y endormir. Il n'avait encore rien raconté, mais elle avait senti une grande émotion et même une peur certaine dans l'attitude et le regard de son mari. Elle le connaissait assez bien pour se persuader qu'il se passait quelque chose de grave…

9 h 00

Harassé, épuisé, Esteban avait finalement subi ce que Me Berger avait prévu. Il avait retrouvé les quartiers de la prison Charles III qu'il avait quittés huit mois plus tôt. Rien n'avait changé. La mine sombre des couloirs et des cellules ressemblait à celle de leurs occupants : fatiguée, abîmée, sans joie, ni vie. Trois éléments importants étaient venus assombrir davantage celle d'Esteban. Le premier était le montant de la caution, fixé par le procureur de la République à cinquante mille euros, une somme qu'il n'avait évidemment pas. Par conséquent, il devait attendre son procès sous les verrous. Il ne pouvait donc rien pour Sarah qui allait, deux jours plus tard, se faire sauvagement attaquer. Il n'espérait plus un revirement de situation tant la malchance s'acharnait contre lui. Le deuxième élément, il l'avait appris une semaine plus tôt par l'intermédiaire de son avocat. Il s'agissait de la date du procès qui avait été fixée au treize juin, *dix jours trop tard*. Il savait déjà que l'agression de Sarah ne ferait qu'empirer les choses, le rendant plus ou moins complice, malgré ses avertissements. *S'il savait, c'est qu'il était de mèche*, tels seraient les arguments de la partie civile. Il n'était décidemment pas sorti d'affaire. Enfin, pour couronner le tout, il avait été traité avec beaucoup

« d'autorité » selon les termes de son avocat, si bien qu'il avait été coupé de tout échange en dehors de ceux concernant sa défense, soit avec Me Berger. Valentin avait rencontré celui-ci huit jours plus tôt. Se voyant refuser une visite à son ami, il s'était, momentanément, contenté de faire remonter au pauvre Esteban certaines informations : *Il avait le journal. Il voulait le croire, et lui faire confiance. Il réfléchissait.* Quelques mots magiques porteurs d'un soupçon d'espoir dans cette marée d'infortune. L'avocat, lui, n'était selon Esteban pas en mesure de comprendre la situation. Il ne lui avait donc rien dit de plus que ce qui avait été avoué des centaines de fois à la police.

Assis dans un recoin de sa cellule, Esteban subissait. Toute cette attente sans pouvoir agir le rendait fou. Le compte à rebours bipait dans son crâne, battant la mesure d'un destin plus capricieux qu'il n'avait pu l'imaginer.

Vendredi 2 juin 2006

22 h 56

C'est le grincement de la porte de cellule qui sortit Esteban de ses douloureuses pensées et non le bruit métallique du verrou de sécurité qui tourne. Le tourment qui l'absorbait à quelques heures du drame assaillait son corps tout entier de douleurs vives. Déjà des larmes de rage, d'impuissance et de peur naissaient. Puis la voix du gardien se fit sourde comme pour annoncer une triste nouvelle. Esteban eut du mal à percevoir le message.

— Monsieur Luis, vous pouvez sortir, vous êtes libre.

Esteban ne bougea pas, ne comprenant pas tout de suite ce que cela pouvait signifier. Le policier répéta sur le même ton monocorde.

— Vous êtes libre.

La mauvaise nouvelle concernait donc la police qui se voyait contrainte de libérer leur seul suspect, et qui ne pouvait que constater leur empêtrement saisissant dans cette longue enquête.

Esteban osa une question.

— Comment est-ce possible ?

— On a payé votre caution.

Esteban ne pouvait y croire. Qui était derrière cela ? Il se forgea une carapace qui à la fois retenait ses émotions, mais le protégeait aussi d'une nouvelle déception à laquelle il s'attendait. *Je redoute un piège. Peut-être la police est-elle derrière ce coup ? Ou pire, Bettina.* Alors qu'il suivait le parcours de sortie, franchissant les différents niveaux de sécurité, récupérant ses affaires, Esteban s'échangeait intérieurement questions et réponses. *Que peut attendre Bettina de ma sortie ? Craint-elle que je balance ses fils ? Non, elle connaît ma peur de voir disparaître Sarah en représailles. Attend-elle plus pour ralentir l'enquête ? Non plus, ici je permettais de faire diversion en attirant toute l'attention sur moi. La police, peut-être veut-elle me prendre en filature pour surveiller mes mouvements et les amener à ceux qu'ils traquent depuis plus d'un an ?*

Le nez à terre, la tête dans son questionnement, Esteban ne prit pas conscience que la porte principale venait de se clore dans son dos. Egaré dans ses songes, il n'avait pas demandé qui avait payé. Le visage qui s'imposa à sa vue sur le trottoir d'en face mit un terme à ses doutes.

— Valentin. C'est toi qui…, non... !

Valentin, en s'approchant, lui tendit son journal.

— Je crois que c'est à toi.

Alors, le sourire de l'ami, du frère, ôta les derniers soupçons de l'esprit d'Esteban. Les deux copains s'embrassèrent d'une franche accolade. Puis, Valentin, guidé par son instinct, alla droit au but. Il devait en savoir un peu plus pour le rassurer du choix qu'il avait fait quelques heures plus tôt. En effet, après de longues discussions et de longs échanges avec Julie, après avoir des dizaines de fois lu et relu le fameux journal, ils avaient, de concert, pris une décision. Celle de la confiance, de l'amitié, du cœur. Valentin n'avait eu alors besoin que d'une demi-journée pour rassembler toutes leurs économies et leurs fonds de tiroirs.

Sans regret, ni hésitation, il prit Esteban par les épaules, le fixa droit dans les yeux comme pour lire sa franchise et lui demanda :

— Sais-tu quand elle doit être agressée précisément, rien dans ton journal ne l'indique.

Esteban n'en revenait toujours pas.

— Merci mille fois pour cette folie…

— Tu me remercieras plus tard, le coupa Valentin. On a plus important à faire.

Essuyant ses lourdes larmes du revers de sa manche, Esteban se plongea dans l'urgence qui le tenait.

— Tu tombes bien, tel le messie. Je sais que ça doit avoir lieu cette nuit. Je n'ai pas d'heure exacte. Tout ce que je sais de mon ancienne vie est que ça s'est passé alors qu'elle rentrait du commissariat à la sortie d'autoroute de Ludres. Je n'ai jamais eu plus de détails. Ça n'avait pas vraiment d'importance.

— Comment fait-on ? On attend qu'elle quitte le commissariat et on la suit, ou on attend à la sortie d'autoroute ?

— Si on la suit, elle risque de le remarquer et on court vers d'autres problèmes, réfléchit Esteban à haute voix.

— Alors on attend là-bas, rétorqua Valentin qui se dirigeait déjà vers sa voiture.

Esteban emboîta le pas vif et sûr de son ami, mais un doute vint soudain s'emparer de lui.

0 h 00

Assis sur le siège passager de l'Alfa 147 de Valentin, qui roulait à allure soutenue sur l'A330, Esteban fit part de son problème à son ami.

— Ecoute, je ne sais pas si je me trompe, mais si on va là-bas, on va se faire repérer par les braqueurs. Ils n'oseront pas attaquer Sarah avec des témoins sous le nez.

— Justement, ils partiront et Sarah sera sauvée.

— Oui mais…

— Tu as peur qu'ils nous agressent.

— Non, je me dis deux choses. La première est que ce genre de bonhomme ne s'arrête pas sur un échec. Alors s'ils n'ont pas Sarah aujourd'hui, ils retenteront leur chance une autre fois. Nous n'aurons alors plus l'avantage sur eux.

— Mince, tu as raison. Et cette deuxième chose ?

— Et bien, c'est un peu plus égoïste, mais s'il n'y a pas d'agression, cela confirme mon statut de menteur aux yeux de la police. J'aurai de graves ennuis et je serai définitivement inefficace pour protéger Sarah.

— Je n'avais pas vu tout cela sous cet angle, ça se complique.

Valentin remarqua alors l'air grave qui s'était dessiné sur le visage de son ami. Il comprit ce qui venait de lui traverser l'esprit et il confirma.

— Je suis avec toi.

— Comment ? s'étonna Esteban.

— Je sais à quoi tu penses et je suis d'accord.

— C'est trop risqué, je ne veux pas te mêler à ça.

— Au cas où tu n'aurais pas remarqué, j'y suis déjà et j'ai même investi sur toi. Je dois rentabiliser mon placement.

Esteban fixa Valentin et vit en son regard toute sa détermination. Il sut qu'il ne reviendrait pas en arrière. Il sut aussi que sa présence le poussait lui-même vers ce danger qu'il devait affronter. Aurait-il eu le courage de surpasser sa peur sans Valentin ? *L'union fait la force...*

0 h 29

Les deux amis, collés l'un à l'autre, s'étaient cachés derrière un des lourds piliers de béton qui soutenaient l'autoroute, laissant ainsi passer une route vers les zones industrielles. De cette position stratégique, ils avaient vue sur tous les accès routiers et profitaient de l'obscurité qui les camouflait parfaitement. Dans cette improbable situation, les deux hommes s'échangèrent les stratégies envisagées. Esteban commença.

— On intervient quand l'agression commence mais pas avant.

— Tu as raison. On profitera d'un effet de surprise. Les gars ne s'attendront pas à être attaqués à leur tour.

Valentin marqua un temps d'arrêt avant d'oser une question plus grave.

— Ils seront armés ?

Aucun son ne sortit de la bouche d'Esteban, laissant planer une angoisse pesante. Valentin poursuivit.

— On n'a pas le choix, on doit fondre sur eux et les rouer de coups de toutes nos forces. Tu m'as dit tout à l'heure qu'ils seront deux. Ça nous laisse de bonnes chances.

Esteban prit une forte inspiration et prit le relais du discours d'encouragement de Valentin.

— On devrait pouvoir compter sur Sarah aussi. Si on intervient assez tôt, elle sera en état de se battre avec nous. Et elle, c'est une professionnelle, elle saura quoi faire. Il y a des chances pour qu'elle soit armée elle aussi !

— On va y arriver !

— On peut le faire !

Les deux amis n'avaient plus qu'à attendre, espérant que leur motivation ne retomberait pas ou surtout qu'elle ne trouverait pas de barrages plus inquiétants. Solidement liés, efficacement cachés, emmenés par un amour et une amitié sans faille pour Sarah, Valentin et Esteban s'apprêtaient à devenir des héros.

*

Boulevard Lobau, une camionnette blanche stationnait non loin du commissariat. Dans un film policier, elle aurait été parfaite pour le rôle du « sous-marin » qui contient les inspecteurs en planque. Dans la réalité de ce trois juin deux mille six, elle était occupée par Mike et Tony Winterstein. Les deux frères attendaient la femme qui leur causait des ennuis. Celle qui avait su les repérer. Celle qui mettait en péril leur organisation. La police utilisait beaucoup les indics et, si certains les avaient probablement mis sur leur piste, d'autres avaient « rencardé » les Winterstein sur la responsable de l'enquête qui les concernait. Une photo en main, les malfrats scrutaient les sorties. Ils prenaient des risques, mais le jeu en valait la chandelle. Les braquages qu'ils avaient commis leur avaient beaucoup rapporté et bientôt ils auraient assez d'argent pour une retraite bien méritée. Il n'était pas question qu'un flic viennent contrecarrer leur plan et de surcroît une femme. Une véritable insulte dans le monde macho qui servait de référence aux deux frères.

2 h 30

A quelques kilomètres de distance, deux groupes d'hommes, des frères de sang ou d'âme. Deux groupes d'hommes se cachaient et attendaient.

Deux groupes d'hommes étaient nourris d'une grande motivation. Ils avaient un point commun : Sarah.

Ils n'avaient pas le même but.

Deux groupes d'hommes allaient se rejoindre et s'affronter.

4 h 00

Exténuée, Sarah ferma son écran d'ordinateur qui venait de digérer une bonne dizaine de pages de rapport. Elle avait envoyé le tout par mail à son grand patron qui, lui, devait dormir à cette heure tardive. La libération, quelques heures plus tôt, de son unique suspect et ancien ami, ne l'avait pas perturbée. Pour autant, elle savait que son commandant n'apprécierait guère et qu'elle l'entendrait dès son retour au bureau. Elle ne croyait pas Esteban, mais elle avait senti qu'il ne lui voulait pas de mal. Elle avait vu en lui, toute l'affection qu'il lui vouait. Elle s'étira, faisant craquer quelques vertèbres de son dos. Une fatigue intense la gagnait. Elle n'avait qu'une hâte, retrouver son fiancé dans leur petit nid douillet. Parfois, elle se demandait si la voie professionnelle qu'elle avait suivie avait été la bonne et si un métier moins contraignant n'aurait pas été plus profitable. Ces doutes disparaissaient en général quand, sur le terrain, elle mettait son savoir-faire en œuvre et parvenait à mettre la main sur des criminels. Elle trouvait un sens à sa vie dans cette fonction. Elle l'aurait définit comme étant une lutte contre le mal, si elle ne se freinait pas de la retenue qui la caractérisait.

4 h 10

Une 206 rouge quitta le parking souterrain du commissariat et tourna sur sa droite.
Au même moment, une camionnette blanche mit son moteur en route.

*

Esteban et Valentin s'étaient assis par terre pour économiser les forces qui leur seraient très utiles. Le sommeil ne les avait pas gagnés. Seuls l'inquiétude et le stress grandissaient en eux à mesure que les aiguilles de la montre d'Esteban parcouraient leurs tours de cadran.

4 h 29

Esteban se leva soudainement quand il entendit un bruit de moteur qui venait de rompre le calme des rues désertes à cette heure de la nuit. Discrètement il se pencha légèrement pour observer.

Valentin fit de même. Il reconnut très vite la voiture de Sarah.

— C'est elle.

— Oui, et t'as vu cette camionnette juste derrière elle, ajouta Esteban.

— Si tu disais vrai, tiens-toi prêt, ça va être à nous de jouer.

— A l'instant, je préfèrerais ne rien savoir de toute cette vie tellement j'ai peur.

— On va y arriver.

Les cœurs des deux amis battaient en rythme, leur cadence augmentait à mesure que les véhicules descendaient la rampe de sortie. L'adrénaline suffirait-elle pour qu'ils acceptent de mettre leur vie en péril ?

Puis, Esteban sentit sa peur fondre en un éclair lorsqu'il aperçut le doux visage de Sarah, sereinement assise derrière son volant, perdue dans ses pensées. Oui, il allait le faire. Il pouvait tout faire pour elle. Il n'en voudrait pas à Valentin si, finalement, il se pétrifiait de terreur. Lui, était transporté par cette indescriptible force, par cet amour si profond, qu'en cet instant, il en devenait violent.

Ce pour quoi tu acceptes de mourir, c'est cela seul dont tu peux vivre... Esteban inversa un moment cette citation. *Je ne peux vivre que pour elle, c'est pour elle que j'accepte de mourir.*

4 h 30

Sarah leva son clignotant pour indiquer sa direction en arrivant sur le carrefour. Elle rétrograda de quatrième en troisième, puis en seconde. Le moteur se fit entendre et freina la voiture qui s'approchait du feu venant juste de rougir. Tranquillement, la 206 parcourut les derniers mètres à allure lente et vint stopper sa marche. Sans qu'elle n'y prête attention, la camionnette blanche qui la suivait vint se stopper plus à gauche de la route, un peu en retrait. Deux hommes de noir vêtu, cagoulés, se jetèrent hors du véhicule.

*

Sans hésiter, sans se parler, Esteban et Valentin se lancèrent à leur tour. Ils n'avaient qu'une quinzaine de mètres à parcourir. Déjà, un des deux agresseurs avait brandi une brique qu'il lança sans retenue à travers la vitre de la 206. Valentin, le plus rapide, se rua dans son dos avec un tel élan qu'il le projeta violemment sur le capot de la voiture. Esteban avait foncé sur le deuxième type qui faisait glisser la porte latérale de la camionnette, s'apprêtant à embarquer leur proie. Ce dernier, surpris par l'intervention de Valentin, se retourna et vit Esteban, les yeux emplis de colère s'abattre sur lui. D'un ultime réflexe, il put éviter ce bulldozer. Et profitant du déséquilibre qu'avait entraîné sa parade, d'un coup de pied, il le percuta au flanc gauche. Esteban ne put s'empêcher de chuter et posa un genou à terre, donnant ainsi un bel avantage à son adversaire. Sarah, suffoquant encore du coup de brique qu'elle avait reçu, s'extirpa lentement de sa voiture. De sa tempe coulait un filet de sang rouge foncé. Valentin maintenait sa cible fermement. Des deux bras il le comprimait contre le véhicule, tout en envoyant de violents coups de genoux au hasard, espérant que l'un d'entre eux ferait mouche. Sarah, spectatrice de cette scène, reconnut alors son ami qui se démenait comme un diable. Un râle terrifiant, la fit se retourner. Elle n'avait pas tous ses esprits. Elle ne reconnut pas son deuxième sauveur. Ce cri affreux provenait pourtant d'Esteban. Un puissant coup de poing venait de le projeter dans la camionnette alors qu'il se redressait péniblement. Un autre appel, derrière elle. Elle ne savait où donner de la tête. Valentin était en difficulté.

— Sarah, aide-moi !

Gagnant un peu de lucidité, elle s'approcha pour lui prêter main forte. L'homme qu'il maintenait, toujours couché sur le ventre contre le capot de la Peugeot, put alors pivoter et envoyer un coup de coude au menton de Valentin. Sonné, ce dernier relâcha sa prise. Un coup de feu retentit. Une balle vint siffler aux oreilles de Sarah, l'évitant d'un cheveu. Dans un réflexe de survie, elle se jeta de l'autre côté de la voiture. Valentin l'imita. Aussitôt, un deuxième coup de feu fit claquer le pare-brise. Puis une voix se fit entendre depuis la camionnette.

— On se barre !

A genoux, encore appuyé sur le capot, rassemblant ses forces, le frère et complice se releva et courut se glisser au volant de la fourgonnette. Les pneus crissèrent. Valentin et Sarah osèrent un regard pardessus le toit du véhicule qui les protégeait des balles. Ils aperçurent tous les deux la même image qui leur semblait stagner. Celle d'Esteban, immobile, allongé sur le sol à l'arrière de la camionnette. Debout à ses côtés, l'homme, droit, torse bombé, semblait fier de sa prise. Il tira un dernier coup de feu dans leur direction et referma la porte, comme pour sceller l'existence du pauvre Esteban. Le bruit du phare brisé par le projectile fut le dernier de la scène, laissant place au silence et à la stupeur.

5 h 15

Le carrefour de l'entrée de Ludres avait été rapidement sécurisé et déjà, les enquêteurs relevaient tous les indices possibles qui leur permettraient de bien comprendre les faits. Sarah et Valentin avaient raconté chacun leur version. Assis côte à côte sur le trottoir, silencieux, ils se remémoraient l'image d'Esteban dans la camionnette. Sarah avait évidemment compris qu'il n'avait pas menti. Elle s'en voulait de ne pas avoir su flairer la vérité. Valentin la rassura.

— Je suis sûr qu'il va bien. On va le retrouver très vite.

— Il savait. Il avait raison, je ne l'ai pas écouté.

— Ce n'est pas de ta faute, comment pouvais-tu savoir ?

— Toi, tu l'as cru !

— J'avais de bons éléments que tu n'as pas eu en main et crois-moi, quand tu connaîtras toute l'histoire, tu n'en reviendras pas.

— De quoi tu parles ?

Un collègue de Sarah s'approcha en courant.

— Lieutenant, une patrouille de gendarme a repéré la camionnette pas très loin d'ici. Elle allait en direction de Bayon.

Sarah réagit immédiatement, malgré sa blessure à la tête et la fatigue.

— C'est à un quart d'heure d'ici, on y va.

Elle se précipita vers un véhicule de police dont les gyrophares faisaient briller la nuit. Valentin l'accompagna.

— Je viens avec toi.

Sarah ne trouva pas les mots pour empêcher Valentin de prendre à nouveau des risques. Rien qu'un regard avait suffi à la convaincre. Ils montèrent tous les deux dans une 307 banalisée et partirent sur les chapeaux de roues. Derrière eux, quatre autres voitures aux couleurs de la République leur filaient le train.

5 h 29

En entrant dans la ville de Bayon, Sarah n'avait pas ralenti la cadence. Impatiente, elle attendait la mise en relation avec les gendarmes qui avaient repéré la camionnette suspecte.

— Mais qu'est-ce qu'ils foutent ? s'énerva-t-elle.

D'un geste sûr, porté par l'habitude, elle pressa le bouton de connexion de la radio.

— Lieutenant Flaubert à centrale. Elle vient, cette liaison ?

— Tout de suite lieutenant, annonça une voix timide dans la radio.

Des grésillements s'attardèrent dans les hauts parleurs.

— Lieutenant Flaubert !

Le son n'était pas bon.

— Oui, oui, je vous reçois. La communication est mauvaise mais allez-y, qu'avez-vous ?

— Je suis le capitaine de gendarmerie Joncour. Mes hommes ont noté tout à l'heure le comportement suspect d'individus dans une camionnette blanche immatriculée dans les Vosges.

— Ce sont mes hommes. Où allaient-ils ?

— Ils se dirigeaient vers Roville.

— Les ont-ils suivis ?

— Non, ils avaient terminé leur service et retournaient à la gendarmerie.

— C'est pas vrai ?

Sarah rageait. Ce type de comportement faisait souffrir la police comme la gendarmerie d'une réputation bien terne.

— Que fait-on ? demanda Valentin.

Sarah ne réfléchit pas longtemps. Son expérience lui avait donné quelques réflexes.

— On y va au culot. Plus on attend, moins on a de chance de les retrouver ! C'est statistique. On doit compter sur notre instinct et un peu de chance.

— Vas-y, fonce, l'encouragea Valentin.

*

Au bout d'un sombre chemin de terre à quelques centaines de mètres du village de Roville, garée à côté d'une vieille caravane, la camionnette des frères Winterstein avait encore le moteur chaud. A l'arrière, trois personnes discutaient autour de leur prisonnier. Mike, Tony et Bettina.

5 h 40

Tous feux éteints, la 307 circulait lentement dans les rues du village. Alertes, guettant le moindre mouvement, le moindre détail qui pouvait les interpeller, Sarah et Valentin semblaient à l'apogée de leur capacité de concentration. Sarah désirait se rattraper, elle devait beaucoup à Esteban. Valentin, tel un grand frère, mourait d'inquiétude. Une tension éprouvante était palpable dans le véhicule, comme si la carrosserie métallique leur renvoyait leurs émotions sous forme d'ondes multidirectionnelles. Sarah avait demandé aux autres voitures de police de rester sur leurs gardes aux différentes issues du village.

Alors qu'elle s'engageait sur un petit chemin, sa respiration s'accéléra. Haletante, elle se sentait sur une bonne piste. Les braqueurs ne devaient plus être très loin.

*

Dans la caravane, Bettina, Tony et Mike, avaient rejoint le petit dernier, Johnny. Autour de la minuscule table en contre-plaqué brun, une réunion de famille informelle se tenait en extrême urgence. L'aîné, Tony, fustigea sa mère.

— C'est qui ce type ? Qu'est-ce qu'il foutait là-bas ? Tu as quelque chose à voir là-dedans !

Bettina, impassible, laissa passer quelques instants avant de répondre d'une voix rauque et autoritaire.

— Oui.

— Putain, tu vas pas nous laisser tranquille avec ta magie ! Ça ne vaut rien tout ça, insista Mike.

— Petit arrogant, comment oses-tu remettre en question des décennies de tradition familiale ? Tu connais mes capacités. Les seules limites qui s'imposent vous concernent directement.

Tony récupéra la main.

— Combien de fois nous t'avons dit de ne pas te mêler de nos business, maman ?

— Vous ne comprenez donc rien ! s'énerva Bettina en se levant.

Elle s'assit et continua nerveusement, allumant de sa main tremblante une cigarette qui pendait au coin de sa bouche.

— Cette fois vous êtes allés trop loin, je ne pouvais pas rester sans rien faire et vous voir croupir vingt ans ou plus en prison. J'ai besoin de vous avoir près de moi, mes fils.

L'atmosphère s'alourdit du chagrin perceptible d'une mère en plein désarroi. Bettina fit couler une bonne lampée de whisky dans son verre qu'elle but d'un trait, pour se donner la force de poursuivre.

— Les cartes ne mentent pas. Après vous avoir perdus une fois, c'est vers ce gars qu'elles m'ont orientée. Aucun doute ne m'avait contrariée. Il semblait assez fou pour accepter ma proposition, je ne peux pas vous en dire plus, vous le savez. La magie en serait rompue.

— Et maintenant, qu'est-ce qu'on fait de lui ? Il faut s'en débarrasser, le balancer dans la rivière, proposa Mike.

Bettina l'arrêta d'un geste de la main, le temps de recracher une fumée grise de ses poumons.

— On le garde, il est vivant. Il peut encore nous être utile…

— On n'est pas venu te demander ton avis mais seulement se réfugier et réclamer des comptes. On décide seuls, interrompit Tony.

Un silence. Tony lança sa proposition.

— On le tue et on se casse d'ici au plus vite.

— Je suis pour, accepta Mike.

— Je suis des vôtres, bafouilla Johnny.

— Non, tu restes en dehors de tout ça, confirma Tony.

5 h 50

Lorsque Tony et Mike sortirent de la caravane, pressés d'en finir avec cette histoire afin de reprendre leurs « affaires » rapidement, un gyrophare bleu les assaillit. Comme des rats surpris par la lumière, les deux gitans s'éclipsèrent dans deux directions différentes. Planquée derrière sa portière ouverte, Sarah avait retiré la sécurité de son arme, tandis que Valentin prévenait les renforts.

— A toutes les patrouilles, je suis avec le lieutenant Flaubert, nous avons localisé les braqueurs au bout d'un chemin communal au nord-est de…

Un coup de chevrotine coupa Valentin qui se coucha sur son siège. Son sang n'avait fait qu'un tour, il était terrorisé. Il se trouvait beaucoup trop jeune pour mourir. Le visage de sa petite fille adorée lui apparut alors qu'il contemplait les multiples impacts qui avaient fissuré le pare-brise. Le gyrophare avait cessé d'éclairer les lieux, ayant succombé aux plombs et les laissant dans une obscurité avantageuse aux Winterstein. Un autre tir fit tinter la carrosserie d'un bruit sec. Valentin restait prostré, pétrifié. Sarah tentait d'apercevoir les différentes provenances des tirs. *Analyser, puis agir.* Elle devait tenir bon jusqu'à l'arrivée des renforts.

Son premier tir de riposte vers le côté droit de la caravane fit mouche instantanément, laissant Mike raide mort sur le coup. La balle s'était logée dans son crâne, le paralysant dans l'instant. Ses yeux grands ouverts ne traduisaient pas la peur d'un homme qui avait vu la mort. Il n'en avait pas eu le temps. Bettina sortit en hurlant de la caravane, se jeta sur son fils et le serra dans ses bras. Sarah pouvait l'atteindre mais elle ne représentait pas un danger. La seconde qui suivit fit place à une pluie de projectiles métalliques cherchant tous un endroit confortable où se loger. Les tirs lançaient des flashs dans la pénombre du petit matin. Sarah les repéra. Ils provenaient de l'intérieur de la camionnette et de la caravane depuis laquelle Johnny avait pris part à l'affrontement. Les balles fusaient, toujours plus nombreuses. Valentin n'avait pas bougé d'un millimètre, il tremblait. Sarah s'était confinée et attendait un répit pour intervenir à son tour. *Mais qu'est-ce qu'ils foutent les collègues, bon sang !* Puis comme des anges de lumière, deux voitures illuminées de bleu et d'orange brillant, foncèrent vers elle. Elle sourit nerveusement, se retourna et, profitant d'un semblant d'accalmie, vida quelques balles vers ses agresseurs. Avec agilité, elle se contorsionna pour retrouver la position la plus rassurante, derrière la porte de la voiture qui s'était transformée en pare-balle métallique. Puis l'image d'Esteban, attaché, bâillonné, assis au fond de la camionnette lui apparut. En tirant elle l'avait vu, là, vivant. L'impression rétinienne avait pris son temps pour laisser apparaître cette image à son cerveau, mais elle l'avait bel et bien vu.

— Valentin, j'ai vu Esteban, il est en vie.

Valentin ne bougea toujours pas, mais il fut rassuré de cette nouvelle. Ils avaient peut-être une chance de s'en sortir.

6 h 00

Les tirs se croisaient dans la confusion, ajoutant un peu de lueur aux rayons du soleil qui pointaient. Dix policiers étaient venus en renfort aux côtés de Sarah. Soudain, elle remarqua Bettina qui se redressa du corps de son défunt fils. Puis, sans se soucier du danger elle avança lentement vers la camionnette tel un zombie qui sort de sa tombe. Sarah, attirée par cette étrange attitude, ne vit pas le visage d'Esteban qui commençait à rougir. Il étouffait. Bettina l'étouffait. Quelques coups de feu retentirent depuis la caravane. Johnny couvrait sa mère.

Esteban ne parvenait plus à respirer normalement. Il crut au début que son bâillon et sa peur en étaient responsables. Mais lorsqu'il vit le regard rouge de Bettina qui s'approchait en le fixant, il comprit. Elle était en train de tenir sa promesse. Elle le tuait pour l'avoir trahie, pour avoir échoué. Assis au fond de cette camionnette, solidement attaché, Esteban sentit une peur immense lui remonter de l'estomac. Il manquait d'air, de plus en plus. Rien à faire. Cette sorcière le torturait. Les quelques bribes d'oxygène qu'il put aspirer par ses narines ne suffirent plus. Ses poumons le brûlaient horriblement, sa tête tournait, ses yeux cherchaient à se retourner. Il luttait, mais très affaibli, il se sentait partir. Il voyait flou, les sons résonnaient dans sa tête, rendant ce monde étrange. Dans un ultime sursaut, il chercha Sarah du regard. Il craignait pour elle. Bettina pouvait-elle la tuer de la même manière ou, seul lui-même, par ce pacte qu'il avait signé, était vulnérable aux maléfices de son bourreau ? Il chercha donc celle qui l'avait guidé depuis leur rencontre. Celle qu'il avait admirée tant de fois. Celle qui l'accompagnait dans son fameux rêve. Celle qu'il avait aimée comme un fou, jusqu'au bout. Son appel ne fut pas vain. Au milieu des projectiles, au sein même de cette tension, de cette terreur qui régnait, deux regards s'attrapèrent. Pour Sarah et Esteban, tout ne fut alors que silence. Lui, se plongea dans la douceur de son âme à travers ses yeux. Elle, put lire l'amour alors même qu'il succombait. Ce court mais intense moment de bien-être lui fit oublier un instant qu'il sombrait. Avant que son regard ne décroche, avant que ses yeux ne se révulsent, Sarah put remarquer le dernier regard d'Esteban vers Bettina. D'un geste sûr elle pointa son revolver et appuya sur la détente. Bettina porta sa main au cou, mais ne put retenir les flots de sang qui s'échappaient de sa carotide. Elle s'écroula. Dans la camionnette, Esteban était à terre.

*

Le teint de Tony blêmit lorsqu'il vit sa mère choir comme une poupée de chiffon. Il venait de comprendre que cette fois-ci, il n'y avait pas d'alternative. Johnny et lui n'en avaient plus pour très longtemps. Se rendre ou mourir. Animé par la rage, par sa haine de la police et par la violence du moment, Tony se jeta hors de la camionnette et courut vers les policiers. Ses doigts pressaient les gâchettes de ses deux revolvers le plus rapidement possible pour tenter d'atteindre ses cibles avant de succomber. Seulement, à peine avait-il posé les pieds hors du véhicule, que déjà trois balles l'avaient atteint au torse. Lentement, ses forces le quittèrent, ses jambes ne le soutinrent plus et ses bras relâchèrent les armes. Il n'avait pas pu toucher le moindre agent. Allongé au sol, sur le dos, il contemplait le silence et les reflets orange qui traversaient les nuages. Il n'entendait plus de coups de feu. Il n'entendait plus rien. Sa dernière image fut celle de son frère, les mains sur la tête, marchant lentement vers son propre choix.

6 h 12

Lors de son transfert vers l'au-delà. Dans son couloir vers sa lumière, vers sa destinée Esteban profitait de ses souvenirs. Les plus belles images de sa vie défilaient devant ses yeux, aussi concrètes qu'elles avaient pu l'être. Il fut heureux de constater qu'elles étaient nombreuses, logiques empreintes d'une vie bien vécue, malgré tout. Il comprit que ses sentiments pour Sarah l'avaient rendu heureux car ils existaient et le transcendaient. Bien qu'il ne les ait pas partagé, il en avait été comblé. Son bonheur résidait simplement dans son existence auprès de Sarah, rien de plus.

Le « debriefing » de sa présence sur terre s'accompagnait d'une chanson qui résonnait, douce, paisible.

Over my shoulder, running away, (Par dessus mon épaule, fuyant)
Feels like I'm falling, losing my way, (Je me sens comme si je tombais, m'égarant)

Cold and dry, (Froid et sec)
Cold and dry

Fog out my daylight, torture my night, (Le brouillard sur ma journée, torture ma nuit)
Feels like I'm falling, far out of sight, (Je me sens comme si je tombais, loin de tout regard)

Cold, (Froid)

Drunk, (Ivre)
Tired, (Fatigué)
Lost… (Perdu)[16]

---

[16] « Over my shoulder » de Mika

Dimanche 3 septembre 2006

19 h 12

Confortablement installés sur leur vieux canapé marron aux coussins patinés, subissant les ronflements bruyants du « poulet » finalement définitivement adopté, Valentin et Julie contemplaient la beauté de leur petite Thelma. Lovée dans les bras de sa maman, elle avalait goulûment son biberon du soir. Les yeux grands ouverts, la petite renvoyait à ses parents la sérénité dont ils se nourrissaient pour avancer, pour accomplir leurs projets, pour vivre leur bonheur pleinement. Les périodes troubles des derniers mois les avaient profondément touchés. Scellées par la mort de leur ami, ils avaient pris à bras le corps leur avenir, se jurant de profiter de ce qu'il leur était offert tout en restant humbles. Ce qui était arrivé à Esteban leur avait permis de décupler leur croyance en l'amour, la vie et la foi. Ils n'avaient pas essayé de comprendre scientifiquement les choses. Ils y croyaient ouvertement, s'imprégnaient de l'éventualité de forces supérieures hors de portée de l'être humain. Bien trop fortes et déstabilisantes pour tenter de les maîtriser. Bien au-delà des limites de la conscience humaine. Ainsi armés, ils affrontaient leur existence, guidés par leurs valeurs, nouvelles et toutes puissantes. La vie leur appartenait. Ils savaient vivre, aimer et être aimés.

*

Assise sur le fin sable blanc de la plage de Teanapapa au nord-est de l'île de Rurutu en Polynésie, Sarah, seule, contemplait les douces couleurs de la fin du jour. Elles donnaient au lieu un aspect magique et idyllique. Devant elle, l'eau transparente renvoyait au ciel un halo bleuté. Sur sa droite, une avancée de l'île, habillée d'un vert intense, plongeait vainement vers un horizon trop lointain. Le spectacle qui s'offrait à elle semblait indescriptible.

Arrivée depuis une semaine, elle s'était installée avec Clément dans une charmante petite maison en bois non loin de là. Ils commenceraient ici leur nouveau travail, leur nouvelle existence. Un petit cocon, loin des tumultes de la vie en métropole, loin de sa vie d'avant. D'avant Esteban. Cette rencontre lui avait ouvert un autre univers, un monde dans lequel le rêve, la folie et l'espoir avaient pris une place de choix. Trois mois après ce drame, après cette incroyable découverte, elle se sentait enfin paisible en son for intérieur. Elle avait intégré cette dimension, l'avait acceptée. Elle se sentait prête à vivre dans sa nouvelle sphère. Sur ses genoux, elle avait ouvert au hasard le petit calepin d'Esteban. Celui qu'il tenait serré dans sa main alors que la mort l'emportait sur le sol de cette maudite camionnette blanche. Elle en relisait des passages. Elle y redécouvrait sa propre mort, l'amour infini d'Esteban, l'invraisemblable vérité du retour dans le temps. Elle n'avait plus les larmes aux yeux quand elle lisait de nouveau les poèmes, les révélations, les sentiments. Ce soir-là, ce moment privilégié, elle voulait le dédier à celui qui l'avait sauvée. Face à l'incroyable beauté de la nature, celle qui force le respect, qui dicte sa loi, qui nous remet à notre place, elle lut pour Esteban. Un dernier hommage avant son propre commencement.

...Je n'en reviens toujours pas. Qui voudra croire ce qui se passe ? C'est un rêve éveillé. J'ai glissé dans un monde parallèle...

-

...Comment assumer cette position, comment en tirer le meilleur...

-

... Je rêve de ma belle Sarah. Elle est en moi, elle est ma vie. Je me sens si bien, je crois en un avenir commun...

-

... Un jour, je suis porté par le bonheur et l'espoir, le lendemain c'est la peur et l'angoisse qui m'enterrent au plus profond...

-

...Sarah va mourir et je me sens si faible, si inutile et désarmé. Que donnerais-je, que ferais-je pour elle...

-

...L'amour qui me porte est tout puissant. Il définira mon destin, je l'accepterai car il en découlera. Ce ne peut être que pour mon bien et celui de Sarah...

Quand vient soleil,
Je pense à toi.
Car tu es celle,
Qui dans mes bras.
Me rend soleil.
Quand vient sommeil,
Je pense à toi,
Car tu es celle,
Que j'aime.

-

...La prison ne m'a pas détruit, ni rendu plus fort, elle ne m'a pas guéri non plus. Comment lutter contre ces sentiments qui, chaque jour, me rappellent à elle...

-

...Clément ? Ami, ennemi, concurrent ? Ce n'est pas lui, réellement l'obstacle. C'est moi, ou elle ou plutôt la combinaison des deux qui n'est pas permise ou possible. Qui peut l'accepter, l'autoriser, personne, c'est ainsi...

-

...Ce pacte que j'ai signé me détruira. Je l'ai accepté pour Sarah sans en concevoir toute la portée. Je dois l'assumer...

-

Je l'aime si fort, mais pourquoi,
Faut-il expliquer cela,
Le vivre et l'exulter,
Le cacher ou l'oublier ?

Je l'aime tellement, mais comment,
Comme un grand, comme un enfant,
Réalité ou bien rêve,
Je souffre d'aucune trêve.

Je l'aime tant, un point c'est tout,
Jusqu'à en devenir fou,
Ma faiblesse est mon atout,
J'ai la force d'un homme saoûl,
D'amour.

-

...SARAH, SARAH, SARAH, SARAH, SARAH,
SARAH, SARAH, SARAH, SARAH, SARAH, SARAH,
SARAH, SARAH, SARAH, SARAH, SARAH, SARAH,
SARAH, SARAH, SARAH, SARAH, SARAH, SARAH,
SARAH, SARAH, SARAH, SARAH, SARAH, SARAH,
SARAH, SARAH, SARAH, SARAH...
je t'aime...

*

A quelques mètres de là, une bise légère vint troubler la tranquillité des feuilles de cocotier jusqu'alors au repos. Sarah s'était retournée. Rien. Pourtant dans les airs flottait une âme. Une âme généreuse et amoureuse. Une âme heureuse. Esteban. Comme dans son rêve, Esteban flottait auprès sa bien-aimée. Il veillait. Comme dans son rêve, il était là pour elle, il la protégeait. Comme dans ses rêves, il était devenu son ange gardien. Cette nouvelle mission, il était fait pour, il en connaissait les secrets. Enfin. Enfin, un monde pour lui, une tâche qu'il pouvait accomplir. Aucun stress, aucune honte. Le bien-être le plus puissant et profond. Esteban regardait sereinement Sarah. Sa beauté toujours intacte le fascinait encore et encore. Ses yeux si doux, sa bouche pulpeuse, son nez rond, son cou fragile, son corps si désirable, sa peau si pure. Une beauté au sein d'une autre beauté. La réunion de ce que la nature fait de plus beau. Pas de concurrence, mais une communion. La belle Sarah dans ce bel endroit, un tout si pur et parfait qui pousse à une ultime reconnaissance de la grandeur universelle de notre monde. Les yeux rivés dans sa direction, Sarah semblait le regarder. Elle semblait connaître sa présence. Du moins, elle n'en refusait pas la possibilité. Alors d'une voix douce, elle prononça son prénom.

— Esteban.

Et il lui répondit, tendrement.

— Sarah.

Elle sourit.

Il sourit.

***

Du même auteur :

- Comme dans un rêve

A travers une aventure au delà du possible, Esteban tente de conquérir le cœur de celle qui l'aime plus tout, Sarah.

- Papa Rockeur ... et nouvelles de Papa-Maman

Il y a un « avant » et un « après ».

Ce jour où l'on devient parent est unique. Il imprègne le temps d'un mélange subtil de sensations fabuleuses et déroutantes. Il s'inscrit dans le livre de notre mémoire et devient notre révolution, le début d'une aire nouvelle.

Sylvain PHILIPPON

Né à Nancy, le 12 avril 1975, il commence sa carrière en tant que professeur des écoles, puis opère un virage à 180 degrés et se retrouve à la tête d'une petite entreprise d'audit. Mais sa passion, elle, ne le quitte pas. L'écriture reste auprès de lui.

sylvain.philippon@yahoo.fr